L'ART

DE TOUJOURS

ÊTRE BELLE

ÉTUDE

HISTORIQUE, ANECDOTIQUE, PHILOSOPHIQUE

SUR LES PARFUMS

SUIVIE

De la Parfumerie & des Cosmétiques considérés au point de vue
de nos Mœurs et de l'Hygiène

PAR E. COUDRAY

Ouvrage dédié aux Dames

PRIX : 1 FRANC

PARIS

CHEZ L'AUTEUR, 13, RUE D'ENGHIEN

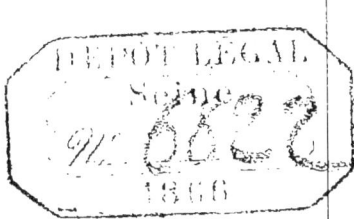

L'ART

DE TOUJOURS

ÊTRE BELLE

PARIS. — IMPRIMERIE DE CH. CHAUMONT

6, RUE SAINT-SPIRE, 6

L'ART

DE TOUJOURS

ÊTRE BELLE

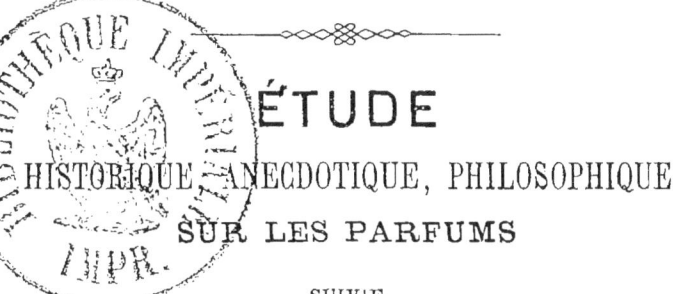

ÉTUDE

HISTORIQUE, ANECDOTIQUE, PHILOSOPHIQUE
SUR LES PARFUMS

SUIVIE

**De la Parfumerie & des Cosmétiques considérés au point de vue
de nos Mœurs & de l'Hygiène**

PAR E. COUDRAY

Ouvrage dédié aux Dames

PARIS

CHEZ L'AUTEUR, 13, RUE D'ENGHIEN

AVANT-PROPOS

———~~~~~———

De tous les dieux, sois le seul que j'implore,
O ma Daphnée tendre objet que j'adore
Que L'ART D'AIMER se lise en traits vainqueurs
En traits de feu, tel qu'il est dans nos cœurs.
    L'Art d'Aimer (GENTIL-BERNARD).

Au nom du Pinde et de Cythère
Gentil-Bernard est averti
Que L'ART D'AIMER, chez L'ART DE PLAIRE
Devra venir dîner samedi.
    L'Art de Plaire (BERTIN).

Notre titre n'est-il pas prétentieux?

Telle est la question que nous nous sommes posée!

En effet, L'ART DE TOUJOURS ÊTRE BELLE!

Eh! pourquoi pas?

1.

N'avons-vous pas eu l'Art d'Aimer! et encore l'Art de Plaire!

Il est vrai que nous sommes loin d'être *Bertin* ou *Gentil-Bernard*, de gracieuse et poétique mémoire.

Enfin, mesdames, car c'est principalement pour vous que nous avons conçu et écrit cet ouvrage, vous ne voyez pas encore où nous voulons en venir, et vous dites :

« Au fait, au fait !.... »

Nous sommes trop courtois et trop galant pour vous faire attendre, et nous vous dirons franchement que nous n'avons qu'un but !

Vous plaire et vous être utile.

Nous nous empresserons, cependant, de vous dire que l'Art de toujours être

BELLE est une œuvre sans prétentions, et dans ce travail, plus que modeste, nous n'avons eu d'autre but que de vous éclairer sur les effets et l'importance d'une quantité de parfums, de cosmétiques, mis chaque jour à votre disposition, et qui n'ont d'autre effet que de conserver votre beauté, vos charmes, ces dons de Dieu! De vous procurer, comme à la BELLE NINON DE LENCLOS, une éternelle jeunesse en reculant autant que possible les inexorables lois de la nature.

Dans ce mot BEAUTÉ, nous devons dire qu'il ne faut pas le prendre dans toute son acception, nous n'entendons pas par beauté, la beauté de la forme, la beauté plastique, en un mot; vous comprendrez, lectrices, que rendre belle à ce point ne nous appartient pas, chétif que nous sommes! Certes, si une femme, en naissant, a les yeux petits, le nez camard, la bouche grande, nous ne pourrons rien changer à cela; mais il faut convenir que la beauté n'est pas toute entière dans la forme! *Un beau teint, une belle peau, de beaux et longs cheveux, quelque soit leur nuance, noirs, blonds, ou même rouges, de belles dents, des ongles roses, des yeux vifs, noirs ou bleus;* tous ces avantages sont des plus importants chez vous toutes, mesdames, et les conserver toujours, sinon longtemps, est, vous devez l'avouer hautement, une de vos plus constantes préoccupations.

Vous avez raison! cent fois raison!...

. . . .

Suivant différents auteurs, pour qu'une femme soit parfaitement belle il faut, selon les uns, qu'elle réunisse quatorze qualités, selon d'autres, vingt-six, et suivant un auteur espagnol, il faudrait les trente choses suivantes :

1° Trois choses blanches : *La peau, les dents, les mains;*

2° Trois noires : *Les yeux, les sourcils, les cils;*

3° Trois roses : *Les lèvres, les joues, les ongles;*

4° Trois longues : *Le corps, les cheveux, les mains;*

5° Trois courtes : *Les dents, les oreilles, les pieds;*

6° Trois larges : *La poitrine, le sein, le front;*

7° Trois petites : *Le nez, la tête, la bouche;*

8° Trois grosses : *Le bras, la cuisse, le mollet;*

9° Trois déliées : *Les doigts, les cheveux, les lèvres;*

10° Trois étroites : *La taille, l'entrée du pied, le genou.*

Certes, toutes ces qualités réunies sont rares, la perfection n'existe pas sur la terre, Dieu ne l'a pas voulu, et seul il est parfait. Or, la beauté consiste donc dans la possession plus ou moins nombreuse des qualités citées plus haut.

La beauté de la forme n'est cependant pas rare ; mais à côté d'elle, comme nous le disons plus haut, il est d'autres avantages physiques qu'il faut conserver...

C'est pour arriver à ce but que nous avons fait cet ouvrage.

Peut-être, lectrices, vous demanderez-vous?

Qu'est-ce que donc?

Une panacée nouvelle? Une précieuse découverte? Un nouveau moyen de régénérer l'espèce humaine?

Rien de tout cela!

Pas de charlatanisme!

Mais bien de bons et utiles conseils, basés sur LA SCIENCE, LA RAISON, L'EXPÉRIENCE!

Tout un monde de pensées ne manquera pas de surgir à la vue de notre titre.

Tant mieux, notre but sera atteint tout d'abord, et pour une œuvre de ce genre, un titre était difficile à trouver, nous voulons être lu, et ce désir ne prend pas complètement sa source dans une vaine satisfaction d'amour-propre; mais bien dans un ardent désir d'être utile; nous voulons

éclairer, instruire, mettre nos lectrices en
garde contre une foule de produits nuisibles à tous les points de vue, nous voulons,
enfin, que notre modeste petit livre ait sa
place marquée sur toutes les toilettes.

On a beaucoup dit et écrit sur les parfums, de tous temps, à toutes les époques ;
comme on le verra plus loin, la parfumerie a joué un grand rôle dans les
mœurs, dans la vie, tant au point de vue
de nos goûts qu'au point de vue de l'hygiène, à laquelle elle est étroitement liée ;
c'est ce que nous nous proposons de démontrer dans le cours de cet ouvrage.

En notre siècle, tout progresse, arts,
sciences, industrie, tout prend une marche ascentionnelle. La parfumerie, art
charmant et difficile, devait suivre le progrès, surtout en présence des merveilleuses découvertes de la science. C'est

donc pour vous faire connaître toutes ces découvertes, leurs applications multiples, leurs effets bienfaisants, leur utilité indiscutables, que nous avons fait ce livre.

L'histoire est souvent un peu froide, la science sévère, mais rassurez-vous, tout en vous instruisant, nous ferons en sorte de vous intéresser, de vous amuser ; nous serons concis, afin qu'en nous lisant vous ne froissiez ce modeste petit livre, et que de dépit vous ne le jetiez au loin.

Enfin, nous prenons pour devise : *Utile dulci*; l'agréable et l'utile.

I

Sommaire. Qu'est-ce qu'un parfum?—Les odeurs violentes.
— Le *moschus-moschiferus*. — La femme et le désir de
plaire. — Pline. — Vénus et Hector. — Socrate et son
élève. —Aspasie, la blonde. —Ce que femme veut... — La
pommade du lion. — Le maquillage. — *Nihil novum sub
sole*. — Les dames romaines sous Auguste et César. —
Les historiens d'autrefois. — Les cheveux rouges. — La
merveilleuse et la cocotte!...

On entend par parfum, les odeurs balsamiques
qui ne sont autre chose que des molécules
odorantes qui se dégagent de différentes substances, et qui, se dissolvant ou restant sus-
pendues dans l'air, donnent lieu à des sensations
agréables.

Tout le monde a éprouvé ces sensations douces
et charmantes, au printemps surtout, en se pro-
menant dans la campagne ou dans un jardin
riche en fleurs de toutes espèces. Les fleurs des
champs ou des arbres fruitiers, les foins nouvel-

lement coupés, ces odeurs pénétrantes sont d'une suavité qui n'échappe à personne.

Les parfums peuvent être *gazeux, liquides* ou *solides*.

Les premiers sont naturellement les émanations des corps odorants produits par l'action de la chaleur, et dont l'intensité est d'autant plus forte que la chaleur est plus grande.

Les seconds sont liquides; obtenus par une dissolution ou distillation quelconque.

Les troisièmes appartiennent à divers produits végétaux ou animaux, extraits de différentes façons; tels sont: *la vanille, le baume du Pérou, l'ambre gris, le musc.*

Il est utile de dire que, quoique les parfums plaisent généralement à tout le monde, il est certaines organisations qui en éprouvent des impressions fâcheuses. Ainsi, le musc a pour effet d'irriter le système nerveux et peut souvent entraîner une syncope; l'ambre gris offre les mêmes inconvénients. Ceci nous donne à penser qu'il est toujours préférable de ne se servir de ces parfums qu'à doses très-légères.

Le musc, dont tout le monde connaît l'odeur, mais dont bien peu de personnes connaissent l'origine, est le produit de sécrétion d'un animal. Le *chevretain porte-musc* (moschus-moschiferus).

Le chevretain est regardé par quelques naturalistes comme une variété de l'espèce gazelle ; il est de la grandeur d'un jeune chevreuil, sa nature est fort douce, il est même timide et craintif, il est vif, léger à la course, ses mouvements sont gracieux, et il saute avec une grande facilité.

Ce qui le distingue, c'est une petite bourse qu'il porte près du nombril et qui contient la substance appelée *musc,* produit d'une espèce de sécrétion, c'est-à-dire humeur grasse du musc. Ce parfum, très-connu des anciens, est d'une divisibilité incalculable ; si on ouvre un flacon contenant du musc, il imprègne bientôt de son odeur une salle quelque vaste qu'elle soit, et si vous cherchez à connaître le poids de la matière qui s'est volatilisée, on le trouve insensible.

Cette digression nous a paru utile pour démontrer que nos parfumeurs actuels ont étudié et se sont parfaitement rendu compte des effets fâcheux qui peuvent résulter de l'emploi irréfléchi de certains parfums ; aussi, ont-ils trouvé des moyens pour les rendre non-seulement inoffensifs, mais bienfaisants.

Du reste, c'est une question de goût, de mode, et chacun peut choisir les parfums qu'il préfère.

Les parfums doivent avoir été cherchés dès le jour où la femme, comprenant le rôle qu'elle devait avoir dans la vie, l'empire qu'elle devait exercer par sa nature, sa beauté et ses charmes, et l'influence qu'ils devaient avoir sur les hommes, dut chercher par tous les moyens possibles à conserver des attraits qui lui constituaient une certaine force ; donc, nous en concluons que, du jour où la femme naquit, le désir de plaire et la coquetterie prirent naissance également.

Quelques esprits moroses et chagrins font un crime aux femmes d'être coquettes; c'est une erreur, et on ne peut certes leur en vouloir d'avoir le désir continuel, incessant de conserver la beauté et les charmes que la nature leur a donnés.

Toujours est-il que le désir de plaire, la constante préocupation de conserver la beauté qui n'a cessé d'exister à toutes les époques, nous donnent bien évidemment l'origine de la parfumerie, qui remonte dans la nuit des temps, et qui marche de conserve avec tous les degrés de la civilisation.

D'après ce qui précède, il est facile de comprendre que l'usage des parfums remonte à la plus haute antiquité. *Pline* place les premiers parfums en Orient, le pays du soleil, où la nature s'est montrée si généreuse et si prodigue en plantes, en fleurs embaumées. La Grèce fut une des premières à user des parfums; on en fit d'abord hommage aux divinités; plus tard, pour prouver le respect aux morts, on eut la pensée de parfumer leur dépouille; tous les peuples de l'antiquité agissent de même.

L'*Illiade* nous montre *Vénus* veillant elle-même le corps d'*Hector*, et versant sur lui un baume précieux.

On peut ajouter que c'est principalement chez les Grecs, ce peuple si essentiellement artiste, que l'art des parfums fut en honneur; à la volupté d'une vie contemplative, on y ajouta la volupté des parfums, les vêtements étaient renfermés dans des coffres contenant de suaves odeurs; il existait également des établissements publics, où se rassemblait l'aristocratie des deux sexes; ces établissements, décorés avec un grand luxe, étaient spécialement destinés aux douceurs des parfums : on allait aux parfums, comme de notre temps on va au café.

Peu à peu, la mode, l'engoûment s'en mêla, et l'usage des parfums dégénéra en abus. Les femmes grecques qui, de tous temps, furent citées comme des modèles de beauté, passaient de longues heures dans des bains parfumés, puis à peigner, tresser et parfumer leurs magnifiques chevelures. *Eschine*, l'élève de *Socrate*, malgré les avis de son maître, se faisait parfumer chaque jour avec le plus grand soin ; il n'en fallut pas davantage pour que tous les élégants de la Grèce en fissent autant, à l'exemple des femmes.

L'histoire nous dit que la belle Aspasie, l'esclave de *Cyrus*, était une admirable blonde, et qu'elle ne dût la conservation de son éclatante beauté qu'à l'usage fréquent des parfums.

Les Romains qui prirent tant à la Grèce, arts, sciences, philosophie, restèrent cependant rebelles à l'usage des parfums ; ce peuple soldat, barbare et conquérant, était peu disposé à prendre les us et coutumes efféminés de l'Orient : l'usage des parfums fut même prohibé, frappé de lourds impôts.

Nous pouvons voir ici un exemple de l'empire des femmes. Un vieux dicton dit : *Ce que femme veut ! !...* Les dames romaines surent bientôt s'affranchir des lois prohibitives et de leur sévérité, et l'usage des parfums à Rome devint, comme à Athènes, des plus extravagant.

Pline cite un grand nombre de cosmétiques, de pommades, d'élixirs employés chez les Romains, chez lesquels on cherchait déjà les moyens de teindre les cheveux, puis de remédier, de parer aux tristes effets des calvities précoces, des alopécies, canities, toutes maladies qui affectaient le cuir chevelu; on se servait de baies de myrte, puis plus tard de la graisse d'animaux féroces.

Nous les avons imités en cela, car il y a quelques années, des parfumeurs, des coiffeurs vendirent de la graisse d'ours, de la pommade du lion, auxquelles on n'attachait pas une grande foi, puisque l'inventeur avait ajouté comme corollaire de sa panacée : PRODIGE DE LA CHIMIE.

Les dames romaines se teignaient les sourcils, et nous pouvons affirmer que LE MAQUILLAGE, *puisque le mot est consacré,* était déjà connu; car, à la teinture des cheveux, à la peinture des sourcils et des cils, on avait ajouté la coloration des joues, avec une préparation tirée de la cochenille.

Dans les nombreuses recherches, nécessitées par notre travail, nous avons trouvé des choses d'une valeur réelle; rien n'est aussi curieux que ces travaux, qui font connaître les mœurs, les coutumes, l'organisme des nations passées, ensevelies dans la poussière des tombeaux, et qui sont pour les naturalistes philosophes d'une extrême importance. En ethnologie, les moindres faits ont leur signification et peuvent souvent éclairer d'un rayon de plus les grands problèmes fondamentaux, car, sans eux, la science n'est qu'une statistique, une collection de faits sans valeur sérieuse ; enfin, somme toutes, tous ces faits prouvent une fois de plus la vérité incontestable de cet axiome :

Nihil novum sub sole.

Nous aurions aimé pouvoir citer en entier tous ces documents curieux, notre cadre restreint nous en empêche ; nous mettrons sous les yeux de nos lectrices ce qu'était la toilette d'une dame romaine sous Auguste et sous César.

Sous Auguste, une dame romaine, au moment de son lever, commençait ses ablutions par se laver la figure avec de l'eau mêlée d'*henium* (lait d'ânesse), de *lomentum* (farine de fèves et myrrhe de Judée ou d'*Alcyoncée*), à ce qu'affirment *Properce* et *Ovide*; ensuite elle se lavait les mains avec un savon composé de graisse de chevreau, de cendres de hêtres et d'aromates ; puis, elle se frottait les dents, se râclait la langue avec une petite plaque d'ivoire ou d'or (afin de la rendre plus nette); puis, elle se gargarisait la bouche avec force parfums ; *Catulle* affirme aussi ces soins délicats et discrets. Ces premiers soins terminés, elle passait une demi-heure dans des bains parfumés, placés dans des baignoires de marbres splendides et spacieuses; puis, dit *Tibulle*, elle se livrait aux mains d'un pédicure et à l'épileuse.

Martial, à ce propos, nous apprend que le visage, la poitrine, les jambes et les bras étaient soumis spécialement à l'action de la pierre-ponce, des pinces et des pâtes épilatoires.

Il est facile de voir, par ces détails, que la toilette était poussée jusqu'au raffinement le plus complet.

Maintenant, et pour compléter le tableau, nous allons dévoiler quelques secrets.

On connaissait les dents plombées, les dents fausses retenues par des crochets d'or, les cheveux teints, les perruques, toutes ses inventions étaient connues des dames romaines, qui en usaient largement, au dire de *Tibulle,* de *Martial* et d'*Ovide.* Il paraît même que les artistes de cette époque étaient devenus fort habiles dans la confection de ces *trompe-l'œil,* au point de *faire mentir la nature.*

La coiffure d'une damè romaine était toute une cérémonie; en plus de la femme de chambre, il fallait, dit *Tibulle,* au moins trois esclaves; l'une pour peigner et boucler les cheveux; l'autre pour les parfumer; la troisième pour les ajuster à la dernière mode, qui, comme de nos jours, changeait souvent.

Aux esclaves les plus aimées appartenait seul le droit de coiffer; mais, quelque fût l'affection que l'on eût pour elles, la moindre faute, la plus petite irrégularité, leur attiraient des châti-ments rigoureux. On se servait, pour envelopper les cheveux par derrière la tête, d'un réseau, d'un filet nommé *vesica*, à cause de la légèreté du tissu. Le filet soi-disant invisible de nos dames du dix-neuvième siècle, n'est donc pas autre chose que le *vesica* des dames romaines.

Nous pousserons plus loin nos citations : on se servait également des fards rouges et blancs, de préparations de céruse, et, s'en douterait-on, les *mouches* placées sur le visage étaient connues du temps d'Auguste : *Martial* l'indique à n'en pou-voir douter. Les dames romaines s'arquaient les sourcils, s'allongeaient les yeux, se coloraient les lèvres, et....., le croirait-on, se serraient dans un corset !.....

Nous pensons avec raison que ces détails ne sont pas sans intérêt ; aussi, les complétons-nous en faisant passer sous vos yeux ce qu'était, sous *César*, la toilette d'une merveilleuse dans ses ajustements.

Une merveilleuse d'alors, à son lever, s'enve-loppait dans une longue robe de soie à fleurs, bordée de pourpre, traînant sur les talons, et relevée sur le devant par des agrafes d'or. Son pied mignon et blanc était chaussé de sandales en cuivre jaune qu'elle attachait à sa jambe nue, avec des courroies dorées. Elle avait mille façons de se coiffer. D'abord, elle teignait ses cheveux en jaune avec du safran, en rouge avec du jus de betterave, en bleu avec du pastel, ou elle affaiblissait seulement l'éclat d'ébène de ses cheveux en les frottant avec de la cendre parfumée, ou elle les poudrait d'or, de lapis pulvérisé, et de cette pâle gaude qui ne brillait pas au soleil, mais qui était douce à l'œil.

Ici, nous nous permettrons une petite digression : il y a quelque temps, nos merveilleuses du dix-neuvième siècle se sont teint les cheveux en rouge, c'était une mode, et nous nous garderons bien de dire ce que nous en pensons....

La mode est une autocrate, un tyran, devant les caprices duquel il faut s'incliner.

Revenons à notre dame romaine.

La toute belle tressait sa chevelure avec une large bandelette blanche, qui l'encadrait gracieusement, et qui en retenait haut sur la nuque les anneaux enroulés sur eux-mêmes. Tantôt, elle ceignait son front d'une nimbe d'or, aux deux bouts pendants sur les tempes comme les bandelettes d'un sphinx. Tantôt, elle préférait *la mitre de Phrygie* ou *la tiare de Perse*, en étoffe de couleur éclatante. Il va sans dire que la merveilleuse romaine portait, à l'occasion, de faux cheveux, qu'elle fardait ses joues, s'estompait les yeux et noircissait ses cils.

Elle mettait des bracelets, des bagues, des boucles-d'oreilles, des colliers de perles et d'émeraudes ; elle agrafait ses manches avec des camées, et si la nimbe ou la mitre étaient trop simples, elle les enrichissait de grosses aiguilles d'or.

Parée, belle à éblouir, elle se couchait à demi et avec nonchalance dans une litière découverte, peinte et dorée en dehors, tapissée en dedans de riches étoffes ou de fourrures splendides, de robustes Syriens la portait sur la voie sacrée, ces champs-élysées de l'ancienne Rome. Tandis qu'elle agitait coquettement son petit miroir en argent poli, de jeunes esclaves rafraîchissaient l'air tout autour d'elle avec des éventails en plumes de paon. La litière était entourée par un cortège d'enfants richement vêtus, de joueurs de flûtes et de nains bouffons. D'autres fois, la précieuse ou la fameuse, c'est ainsi qu'on les appelait alors — aujourd'hui nous avons *la cocote,* le nom est moins heureux — montait sur son char, léger comme *un panier à salade ;* seulement, le char de la Romaine était étincelant de dorure. Assise sur les coussins, le plus souvent debout, elle

conduisait elle-même ses chevaux en luttant de
rapidité et d'adresse avec ses rivales et amies.
Un autre jour, enfin, elle se montrait à la promenade de la voie sacrée, à cheval ou sur une
blanche mule d'Espagne, qu'un nègre vêtu de
couleurs éclatantes menait par la bride.

En établissant des parallèles, on s'étonne de
voir qu'en effet, rien de nouveau n'existe sous le
soleil en fait de coquetterie; ce qui prouve bien
évidemment, comme nous le disions plus haut,
que le désir de plaire est naturel, inhérent à la
femme, et nous devons l'en remercier.

Quand les Romains eurent conquis les Gaules,
le luxe des parfums s'augmenta encore.

Toute l'industrie était aux mains des Gaulois,
tous les artistes de Rome étaient pour la plupart
Gaulois; une chose, du reste, digne de remarque,
c'est que les Gaulois, tout étant dans la barbarie,
était un peuple industrieux, et, quoique vaincu,
rendait les Romains tributaires de son intelligence.
Il est prouvé qu'à Rome, les parfums et toutes les
industries de luxe, tout ce qui constituait le bien-
être, la richesse, était fabriqué par les Gaulois.
Nous verrons plus loin que le peuple primitif
de la Gaule n'a pas dégénéré.

II

SOMMAIRE. L'Enfant-Dieu et les Mages. — La belle Judith.
— Le prophète Néhémie. — Moïse. — Ezéchias. — Les
plaintes d'Isaïe. — La parfumerie en France. — Jadis et
aujourd'hui. — La vie prolongée. — *O tempore, o mores.*
— Les parfums au dix-neuvième siècle. — Les gants
parfumés et Jehanne d'Albret. — La science appliquée.

L E christianisme vint, et là nous retrouvons encore des traces de l'importance des parfums.
A la naissance de l'Enfant-Dieu, les mages d'Ar-
ménie vinrent lui offrir des présents, des parfums
exquis enfermés dans des vases précieux. Les
Hébreux, comme les autres peuples, étaient dans
l'usage de parfumer la dépouille des morts. *Marie,*
sœur de *Marthe,* répandit des parfums précieux
sur la tête du Christ.

Judith, concevant le projet de délivrer la Judée
en tuant *Holopherne,* se peignit avec soin, tira
de coffres embaumés ses plus riches vêtements,

mit en usage tous les secrets de la parfumerie de son temps, afin de se rendre plus belle et plus désirable aux yeux de l'ennemi de son peuple. On sait qu'elle réussit dans son projet.

Comme toujours, l'usage des parfums dégénéra en abus. Le prophète *Néhémie* réprimanda les Juifs qui avaient épousé des femmes étrangères à la nation et qui avaient apporté l'usage immodéré des parfums chez ce peuple primitif, qui jusqu'alors ne s'en était servi que pour les fêtes du sacerdoce. On trouve dans *Moïse* la composition des parfums qu'on offrait à Dieu sur l'autel d'or; puis, celui dont s'oignaient les prêtres. *Ezéchias* conservait avec soin dans ses trésors les parfums précieux venus du fond de l'Orient. Peu à peu cependant, l'usage des parfums se généralisa en Judée, et, comme on devait s'y attendre, les femmes en usèrent largement, ce qui fit que le prophète *Isaïe*, à son tour, se plaignit de la coquetterie des femmes, et s'écriait avec la plus profonde indignation : « Filles de Sion, vous offensez le » Seigneur par vos coquetteries et vos dissipa- » tions; il arrachera vos cheveux; vos parfums » se changeront en puanteur; vos ceintures d'or » deviendront des cordes; vos têtes frisées, dont » vous êtes si vaines, seront dénudées. »

Telles étaient les paroles du prophète, qui ne

voyait qu'impiété dans ces emprunts faits aux
mœurs idolâtres.

Malgré les plaintes du prophète, l'usage des
parfums non-seulement subsista, mais s'agrandit
encore; nous pouvons en déduire une chose,
c'est qu'en dehors du désir de conserver les
avantages physiques, les Hébreux, comme les
Grecs et les Romains, s'étaient rendu compte de
l'importance des parfums au point de vue de l'hygiène, car, on ne peut le nier, aujourd'hui comme
autrefois, la parfumerie est, cela ne peut se
contester, un des éléments le plus complet de
l'hygiène; sans les parfums et leurs nombreuses
transformations, la conservation des avantages
physiques, tels qu'une belle peau, de beaux cheveux, de belles dents, deviendraient des plus
hypothétiques. Ce que nous nous proposons de
prouver dans le cours de cet ouvrage.

Il n'y a donc rien d'étonnant à ce que l'usage
des parfums se soit impatroné chez tous les
peuples; la Chine, le Japon, l'Inde, l'Italie, l'An-
gleterre, partout enfin les parfums furent en
honneur et tributaires de l'Orient, le pays du
soleil, la contrée si riche, si fertile, si largement
douée par la nature d'une luxuriante végétation.

Nous n'entrerons pas dans de plus longs détails
sur l'origine des parfums; nous pensons que

suivre les progrès de la parfumerie dans ses nombreuses variations deviendrait oiseux.

En France, l'usage des parfums existait depuis longtemps, mais ce ne fut qu'au retour des croisades, que la parfumerie brilla d'un nouvel éclat. Les chevaliers bardés de fer, les grands pourfendeurs de Sarrasins, rapportèrent de l'Orient des goûts efféminés qui les rendirent plus accessibles au faste et au luxe. Les dames, comme toujours, acceptèrent joyeusement les idées nouvelles; on vit naître les cours d'amours où elles étaient reines et brillaient autant par leur esprit que par leur beauté; le désir de conserver, d'augmenter les charmes naturels devint plus vif que jamais, la parfumerie prit un nouvel essor et devint plus qu'une industrie, mais un art auquel les savants d'alors ne dédaignèrent pas de se vouer tout entier.

Nous ne pouvons faire autrement que de dire quels étaient les parfumeurs d'autrefois, nous l'avons dit, nous voulons instruire, amuser; aussi pensons-nous ne pas nous écarter de notre programme en faisant connaître ceux auxquels étaient confiés la fabrication, la confection, devrions-nous dire, des engins de la beauté.

Les officines d'autrefois étaient bien différentes de celles de nos jours; la préparation des parfums était confiée aux médecins, aux savants, aux chimistes, aux alchimistes même : on sait que ces derniers étaient entièrement voués à la science hermétique, à la recherche de la pierre philosophale, le moyen de faire de l'or.

C'est à ces chercheurs infatigables que la chimie est redevable de bien des découvertes merveilleuses.

En ces temps d'ignorance, de crédulité, les savants d'alors, et ils étaient peu nombreux, avaient jugé, pour donner plus de valeur à leurs travaux, de s'entourer d'une certaine mise en scène qui devait, selon eux, frapper les esprits : on croyait au diable, aux sorciers, aux sorts.

Le savant travaillait d'ordinaire dans un laboratoire, vaste pièce sombre, noire, enfumée, au milieu de fourneaux sans cesse allumés, de cornues, d'alambics aux formes étranges ; puis une collection d'animaux empaillés, suspendus au plafond ou accrochés à la muraille, des bocaux contenant des crapauds, des lézards, des serpents conservés dans de l'esprit-de-vin, des fioles, des flacons de toutes espèces, de toutes formes contenant des liqueurs, des essences de toutes couleurs, des élixirs pour prolonger la vie.

Enfin, le chimiste, le savant, le mécroman, comme l'appelaient quelques-uns, était presque

généralement vêtu d'une longue robe de velours
noir, ainsi que le représentent les gravures du
temps; son nez supportait de grandes lunettes,
déjà connues en ce temps, son crâne dénudé,
son visage sombre et ridé, son large front prou-
vaient qu'il avait vieilli dans l'étude, dans les profondes recherches de la science, toujours courbé
sur d'immenses in-folio, il représentait pour
beaucoup, qui ne franchissaient le seuil de son
laboratoire qu'en tremblant, un suppôt de Satan.

Et cependant, combien de grandes dames
d'alors n'hésitaient pas à pénétrer dans l'antre de
l'enfer et de la science, pour aller chercher des
filtres qui font aimer, des secrets de beauté,
qu'elles payaient largement et sans compter.

O tempora, o mores.

Comme tout cela est changé.

Le parfumeur de nos jours est un homme du
monde, souvent un savant, un chimiste distingué,
son laboratoire n'a rien de satanique. Là, des
fleurs en quantité immense, desquelles on extrait
les parfums, soit par la distillation, soit par des
moyens plus simples encore.

Ici, des machines mues par la vapeur, qui ont
pour rôle la macération des axonges, d'immenses
chaudières où cette même axonge subit diverses
transformations qui l'épurent, en la séparant de

tout corps étranger qui pourrait nuire à ses qualités; puis, par l'adjonction entendue d'huiles végétales, devient un agent précieux pour la conservation de la chevelure.

Plus loin, nous voyons encore des appareils de
distillation admirablement construits; de tous
côtés, une quantité d'ouvriers, d'ouvrières, s'ac-
quittant de la tâche qui leur est dévolue. Chaque
pommade, chaque élixir, et enfin chaque produit
de la parfumerie moderne sont classés, éti-
quetés, numérotés avec soin; chacun en connaît
l'usage, la valeur et la portée, et nous pouvons
ajouter que, dans les officines actuelles, les employés sont des plus intelligents, et cela se com-
prend facilement, en ce sens que les manipula-
tions de toutes espèces demandent à être faites
avec le plus grand soin.

Nous sommes bien loin de l'antre enfumé du
parfumeur d'autrefois, qui, tout en composant
des agents pour la conservation de la beauté,
confectionnait aussi quelquefois, nous pourrions
dire souvent, une charmante variété de poisons.

Une fleur respirée, une orange ou tout autre
fruit offert gracieusement à celui dont on voulait
se débarrasser, des gants parfumés comme ceux
qui furent donnés à *Jehanne d'Albret*, la mère de
Henri IV.

Ces officines de l'enfer se tenaient dans des quartiers isolés, en haut des vieilles tours, où le populaire en voyant dans la nuit le reflet des fourneaux incandescents, n'hésitait pas à croire que là se tenait le sabbat, et s'attendait à voir sortir, par la cheminée, une ignoble sorcière à cheval sur un balai, partant pour jeter des maléfices.

Nos parfumeurs modernes font tout au grand jour, et la vente de leurs produits se fait dans d'élégants magasins, choisis de préférence dans les quartiers aristocratiques. Les devantures sont d'immenses glaces, l'extérieur et l'intérieur sont admirablement décorés, et de fait, le temple qui contient tous les secrets de beauté ne saurait être jamais trop luxueux. Des lustres, des glaces à profusion, la lumière qui va se heurter sur ses rayons, sur lesquels sont classés coquettement tous les engins de la beauté : savons, poudres, élixirs, eaux de toilette, lotions de tous genres, de toutes espèces, aux mille parfums, brosses à têtes, à dents, chefs-d'œuvre de la brosserie moderne, éponges fines arrachées à grand'peine du fond de la mer ; enfin, les mille accessoires de la toilette, prise dans ce qu'il y a de plus élégant, de plus raffiné ; puis ces innombrables riens charmants, dont les femmes raffolent, coffrets élégants, boîtes à gants, sachets parfumés, tout enfin ce qui constitue le luxe, le bien-être, dans tout ce qu'ils ont de plus recherché. Joignons à cela des demoiselles toujours jeunes, souvent jolies, et auxquelles les dames aiment mieux s'adresser, car il est de petites confidences de coquetterie que les femmes seules doivent entendre, ces jeunes filles viennent, par leur gracieux accueil, compléter le tableau qui ne ressemble guère aux parfumeurs d'autrefois et à leur sombre officine.

D'après ce qui précède, il est facile de se rendre compte de ce qu'est l'art du parfumeur au dix-neuvième siècle. Cet art est donc des plus utiles et des plus agréables pour celui qui l'exerce honnê-tement; nous ne retirons pas le mot, car, comme on le verra plus loin, la fraude, l'amour du lucre, ont créé le charlatanisme qui, lui-même, a donné lieu à des sophistications dangereuses sur les-quelles nous nous promettons de revenir, nous considérons comme un devoir d'éclairer nos lectrices sur les nombreux cosmétiques qui leur sont souvent vendus, et sur leur emploi, quel-quefois dangereux.

Mais n'anticipons pas!

Nous disons de la parfumerie, un art agréable et nous sommes dans le vrai, car, comme la chimie, elle donne lieu chaque jour à de nouvelles re-

cherches, à de nouvelles découvertes; du reste,
nous l'avons dit, nos parfumeurs sont des chercheurs, des hommes pratiques dont la préoccupation constante est de rechercher les agents les
meilleurs, dont l'emploi ne peut être que bienfai-
sant, surtout combinés et en rapport avec les soins
les plus méticuleux de l'hygiène.

Autrefois, toujours, puisque nous établissons
un parallèle, l'art du parfumeur se bornait à as-
socier des parfums à des matières grasses, hui-
leuses et féculeuses, à parfumer quelques étoffes,
à fabriquer quelques pastillages : c'était tout; le
charlatanisme, la routine en faisaient tous les
frais. Mais, aujourd'hui, c'est bien différent; les
besoins du luxe ont augmenté les produits, puis
enfin la grande question de l'hygiène a prévalu
et a donné de nouveaux problèmes à résoudre, et
le parfumeur actuel, au lieu de ces amas de recettes souvent irrationnelles qui formaient jadis tout
le savoir, a pour lui les progrès de la science, de
la chimie pour opérer avec certitude toutes ces
combinaisons; il étudie les matières premières,
rejette celles qui sont défectueuses, dispose soi-
gneusement les autres, leur fait subir de nouvelles
préparations, et étend ses travaux jusqu'aux
arcanes les plus approfondies de la science rai-
sonnée et appliquée à nos besoins.

III

SOMMAIRE. Paracelse. — La panacée universelle. — Maître Oudard et la première boutique. — Trois carosses. — Ce que fait trop de curiosité.— Les laïs modernes.—La belle Diane. — Les beautés célèbres. — La régence et la poudre. — La marquise de Pompadour et les mouches. — La tâche difficile.

Nous avons dit que c'est seulement au retour des croisades que le goût des parfums s'augmenta en France ; dès lors on vit de tous les côtés les savants s'occuper à l'envi des moyens, non-seulement de conserver la beauté, mais encore de prolonger la vie.

Parmi ces premiers chercheurs, nous citerons *Paracelse*, un alchimiste célèbre, dont les connaissances profondes et variées le firent regarder comme un des savants les plus remarquables de son siècle ; il naquit en 1493, à *Einsiedel*, dans le canton de *Schwytz*, en Suisse ; son père, qui

était lui-même versé dans les sciences, lui apprit
ce qu'on savait alors de médecine, d'alchimie et
d'astrologie : ces trois sciences marchaient toujours ensemble.

L'existence de *Paracelse* fut fort accidentée ;
nous n'entreprendrons pas de la raconter, nous
dirons seulement qu'il fut un homme supérieur,
s'il ne chercha pas la pierre philosophale, il
pensa du moins trouver une panacée universelle ;
il composa une foule de baumes, d'essences, de
quintessences et autres arcanes pour prolonger
indéfiniment la vie. Il crut à la réalité de ses découvertes, il y crut de bonne foi, et nous ne
devons pas nous en étonner, si nous nous re-
portons aux idées de son époque.

Il portait toujours au pommeau de son épée
cette panacée qui devait le rendre immortel, ce
qui ne l'empêcha pas de mourir à quarante-huit
ans. Heureusement pour lui, sa renommée lui a
survécu ; car les travaux qu'il avait faits avaient
jeté de précieux germes, et plusieurs de ses disci-
ples ont continué l'œuvre qu'il n'avait fait qu'é-
baucher. Si la panacée qu'il croyait avoir trouvée
l'avait fait vivre seulement dix ans de plus, *Paracelse* aurait sans doute découvert bien des
choses qui sont restées longtemps encore ignorées.

Après *Paracelse,* nous devons citer un autre

savant, *Jean Oudard,* qui s'attacha spécialement
à composer des secrets de beauté, et fut le premier en France qui ouvrit une boutique de parfums, rue des Lombards; puis, la vogue s'accrois-
sant, il joignit à la vente des parfums, des gants,
et des masques, et nul n'ignore qu'à cette époque
les grandes dames, et celles surtout qui tenaient
à leur beauté, ne sortaient que masquées; cette
coutume avait un double but : voiler les traits
d'abord, mais éviter sur le visage les transitions
de l'air chaud ou froid, transitions toujours
dangereuses pour le teint.

La vogue de *maître Oudard* tint à un fait
futile, mais dont les conséquences ne furent
pas sans importance pour la fortune de l'habile
parfumeur.

A cette époque, les carosses étaient rares; trois
seulement existaient : celui de la *reine,* celui de
la *belle Diane de Poitiers,* et celui du maréchal
Bois-Dauphin, ce dernier était si gros, qu'il ne
pouvait ni marcher, ni monter à cheval.

La belle Diane, dans une de ses promenades
dans Paris, passait rue des Lombards, dans son
carosse, le véhicule était chose nouvelle, et bientôt
sa voiture fut entourée d'une foule curieuse,
ébahie, qui, tout en regardant la lourde machine,
ne pouvait faire autrement que d'admirer la belle

maîtresse du roi François Ier. Obsédée, la hautaine dame de la cour, qui n'avait avec elle qu'une
suivante, cherchait le moyen de se soustraire à
cette curiosité qui ne manquait pas de l'embar-
rasser un peu ; inquiète, irrésolue, ses yeux er-
raient de tous côtés, lorsqu'elle aperçut la boutique de *maître Oudard ;* descendre de son carosse,
donner l'ordre au cocher de continuer sa route,
pénétrer dans la maison du parfumeur, tout cela
fut pour la favorite l'affaire de quelques instants ;
le lourd carosse s'ébranla et continua sa route,
les curieux le suivirent des yeux, beaucoup retour-
nèrent à leurs affaires, le groupe qui stationnait
devant la boutique du maître se lassa d'attendre
la sortie de la belle Diane, et bientôt tout rentra
dans l'ordre accoutumé. L'histoire ne nous dit
pas ce que pouvait faire la *belle Diane,* se pro-
menant seule, sans escorte, dans le Paris d'autrefois. Seulement, sa visite forcée chez *maître
Oudard,* lui fit en quelque temps apprécier ses
mérites, il devint son parfumeur en titre, et bientôt
toute la cour se fournit chez *maître Oudard,* dont
la réputation ne fit que grandir ; c'était justice,
maître Oudard était un savant qui perfectionnait
son art à l'aide de nombreuses recettes rappor-
tées d'Orient, il sut chercher et trouver des
procédés nouveaux, ses efforts furent couronnés

de succès, et la visite obligée de la *belle Diane* ne fit qu'augmenter une vogue juste et méritée.

Nous ne pouvons, en vérité, faire autrement que d'établir un parallèle ; en admirant ce qu'ont produit le progrès, la civilisation, on devient rêveur en pensant à l'avenir !

La *belle Diane* avait son carosse ; trois seulement existaient à Paris ; aujourd'hui, dans une simple promenade aux Champs-Élysées, au bois de Boulogne, les phrynées en vogue se font admirer dans les huit ressorts de Binder, et le lourd carosse de *Diane de Poitiers,* qui n'était rien moins qu'élégant, s'il faut en croire les gravures du temps, aurait fait sourire de pitié nos laïs modernes.

Liebault, sous Henri III, acquit aussi une grande réputation, *Thibeaudeau, Cornillon* et beaucoup d'autres dont les noms nous échappent, exercèrent en France, à Paris surtout, l'art de la parfumerie, qui tendait essentiellement *à l'ornement du corps et la conservation de la beauté chez les deux sexes*. Dans l'histoire, nous rencontrons à chaque pas des beautés célèbres, qui surent pendant de longues années conserver leur éclatante beauté.

Gabrielle d'Estrées, la bien-aimée de *Henri IV; Anne d'Autriche,* la fière souveraine, dont les mains étaient admirables, et qui su conserver longtemps sa hautaine beauté, malgré les souffrances qu'elle éprouvait d'un cancer au sein.

La belle *madame de Montespan*, qui, météore charmant, brilla quelque temps à la cour du grand roi.

Nous aurions aimé faire passer sous vos yeux bien des anecdotes sur ces femmes charmantes, par leur beauté, par leur esprit, notre cadre est restreint et nous impose des obligations auxquelles nous ne pouvons nous soustraire; cependant, nous ne pouvons oublier de citer la belle et spirituelle *Ninon de Lenclos*, ce problème vivant d'une éternelle jeunesse. *Ninon de Lenclos* naquit le 16 mai 1616, et mourut le 17 octobre 1706, c'est-à-dire à quatre-vingt-dix ans; ce fut une femme célèbre à plusieurs titres, sa réputation de beauté, d'esprit et de cœur fut grande, mais ce qui semble le plus bizarre dans la vie de cette femme qui personnifiait la grâce, ce fut son éternelle jeunesse.

L'histoire nous dit qu'à l'âge de quatre-vingts ans, elle inspira une violente passion chez un jeune et brillant officier aux gardes. La médisance ajoute, — et que ne dit-elle pas? — que ce jeune officier était son fils; ce ne fut qu'à la suite d'une cour assidue, et voulant se débarrasser de cet im-

portun, qu'elle apprit cette circonstance et le
lui dit. Cette anecdote n'est pas d'une haute mo-
ralité, nous en convenons, mais nous dirons, pour
notre excuse, qu'il faut s'en prendre aux mœurs
de l'époque.

Malgré cela, *Ninon de Lenclos* fut une femme
supérieure, qui sut conserver l'affection de tous
ceux qui la connurent, et qui tous appartenaient
à la cour et aux plus hautes classes de la société.

La régence vit naître une mode dont on ne re-
trouve aucune analogie dans le passé. La POUDRE,
s'il nous était permis d'avoir une opinion person-
nelle, nous dirions que, de toutes les innovations
faites en vue de rendre les dames plus jolies, la
poudre en eut grandement le monopole : c'était
une mode charmante. Sous cette blanche neige,
les femmes paraissaient toujours jeunes, puis on
n'avait pas besoin de recourir à cette foule d'in-
grédients de toutes sortes, pour teindre ou rendre
aux cheveux leur couleur primitive, moyens généralement anti-hygiéniques, et sur lesquels
nous nous proposons de revenir, car, quelque soit
notre goût pour la poudre, nous lui préférons de
beaucoup les beaux cheveux noirs, blonds ou
rouges. Néanmoins, on ne peut nier que *madame
Dubarry* ne fût une femme séduisante en voyant
les portraits du temps, et que la poudre lui allait

à ravir, ainsi qu'à *madame la marquise de Pompadour*, cette figure charmante, d'une époque où le vice aimable était presque de la vertu. Ce fut sous le temps de *madame de Pompadour* où l'on vit des modes bizarres, étranges, qui furent tous les symptômes d'inconstance et de frivolité qui faisaient railler les philosophes. Le siècle de Louis XV vit naître les mouches ; nous ne voulons pas faire une histoire de la mode, nos lectrices comprendront qu'un gros livre suffirait à peine : nous citons seulement un fait en passant, et nous ajouterons que les mouches étaient le complément de la poudre.

Toutes les dames avaient leur boîte à mouches, dont le couvercle était intérieurement garni d'un miroir. On en comptait sept principales :

Au coin de l'œil, *la passionnée ;*

Au milieu de la joue, *la galante ;*

Au coin de la bouche, *la baiseuse ;*

Sur un bouton, *la receleuse ;*

Sur le nez, *l'effrontée ;*

Sur les lèvres, *la coquette ;*

Une mouche ronde, *assassine.*

En écrivant au *maréchal d'Estrées*, relativement aux opérations de la campagne de 1557, *madame de Pompadour* lui marquait sur le plan, avec des mouches, les différents postes qu'elle lui conseillait de défendre ou d'attaquer!

Il paraît que de ce temps les jolies femmes s'occupaient de guerre et de stratégie! Nous préférons de beaucoup les cours d'amour!

Nous nous résumons, et nous dirons que toutes les femmes qui ont une place marquée dans l'histoire à différents titres, et qui furent des souveraines de grâces, de beauté, d'esprit, n'ignoraient aucune des ressources de la parfumerie; seulement, les adeptes d'autrefois emportèrent les recettes de ces merveilleux secrets de beauté, ce, qui, nécessairement, a rendu plus difficile la tâche de nos parfumeurs actuels; mais, hâtons-nous de dire que nos savants se sont élevés depuis quelques années bien au-dessus du passé; leurs travaux ont pour base la science, l'étude, qui font que loin de péricliter, la parfumerie du dix-neuvième siècle est devenue plus sérieuse, plus rationnelle qu'autrefois, où elle n'était tout au plus qu'un art hypothétique, dont le charlatanisme faisait tous les frais.

IV

SOMMAIRE. Sont-ils bons?— Sont-ils mauvais?— La raison.
— Le suicide poétique. — L'île de Thernate et les Hollandais. — L'hygiène et les bretelles. — Le but de la
médecine. — Le but de l'hygiène.— Le Vénitien Cornaro.
—La colère et le docteur Reveillé-Parise. — M. Reveil
et les cosmétiques. — A quoi servent les cosmétiques?—
Les empiriques. — Le bon marché trop cher. — Le duvet
indiscret.

Nous ne devons pas entrer dans le domaine de
la science, non-seulement nous n'en avons
pas le droit, mais notre but n'est pas de nous
étendre sur des faits qui sont entièrement du
domaine de la médecine; cependant, il y a dans
l'étude des parfums toute une branche de thérapeutique à créer, ainsi qu'on l'a récemment dit
à la Société des arts de Londres. Quelques médecins en condamnent l'emploi, comme nuisible;
mais nous pensons qu'ils ne parlent des parfums
qu'au point de vue des émanations violentes de

certaines fleurs, dont le voisinage est toujours dangereux, à cause de l'acide carbonique qui s'en dégage, surtout la nuit.

Il y a quelques années, on lisait dans un journal qu'une jeune fille voulant en finir avec la vie, par suite d'un violent chagrin d'amour, mit dans sa chambre une grande quantité de fleurs aux odeurs pénétrantes, se revêtit de ses plus beaux atours, et, étendue sur son lit, attendit la mort, qui vint bientôt sous l'action du gaz carbonique qui s'échappa des fleurs dont elle s'était entourée. Ce suicide ne manque pas d'une certaine poésie, mais il démontre clairement le danger des parfums existants ; il s'ensuit qu'il serait irrationnel de rejeter les parfums et leur multiples transformations, dès l'instant qu'ils peuvent et doivent avoir sur notre organisme des effets salutaires. Même au point de vue curatif, les parfums ont une grande valeur, et parmi les exemples les plus probants de ces effets curatifs ou prophylactiques des parfums, nous pouvons citer ce qui se passa dans l'île de *Thernate,* où les Hollandais détruisirent par spéculation tous les arbres à girofle de la colonie, ce qui fit qu'à partir de ce jour, l'île fut ravagée par une série d'épidémies, que la présence de ces arbres avait jusque-là éloignées, et nous ajouterons qu'on a remarqué que durant les choléras de Londres et de Paris, on n'a pas eu à constater une seule victime du fléau parmi les nombreux ouvriers occupés dans les fabriques de parfumeries.

De ce qui précède, il est facile d'en conclure que les parfums sont appelés à jouer un rôle sérieux, combinés avec L'HYGIÈNE.

L'HYGIÈNE, voilà un mot dont on a bien abusé.

En France, on procède toujours ainsi. Les modes sont parfois bizarres, et le public s'éprend d'un engouement, souvent irréfléchi, pour telle ou telle autre chose. Ainsi, et pour nous expliquer, il fut un temps où tout était HYGIÉNIQUE : Poudres, pommades, élixirs. Jusqu'à un certain point, on pouvait avoir raison, puisque nous démontrons clairement que les parfums doivent toujours être essentiellement hygiéniques. Mais l'abus s'en est mêlé, on nous a donné les *bretelles hygiéniques*, les *pantalons hygiéniques*, et enfin *pro pudhor!...* les *crachoirs hygiéniques;* nous ne voulons pas faire de critique, et nous ne discuterons pas les qualités de toutes ces choses dites hygiéniques.

Pour nous, tout ce qui tient à l'hygiène est tellement sérieux, tellement important, que nous nous garderons bien d'en parler d'une façon plaisante.

L'HYGIÈNE EST UNE DES NÉCESSITÉS ABSOLUES DE LA VIE.

Nous posons ceci en axiome : nous l'avons dit, nous ne voulons entrer dans aucune question médicale, nous laissons ce soin aux hommes compétents, aux médecins, à la science enfin ; nous ne nous occuperons de l'hygiène qu'à un seul point de vue, le soin de la conservation des avantages physiques.

Nous trouvons sur l'hygiène l'apologie suivante, due à un travail très-savant et très-sérieux du docteur O. SCELLES DE MONTDESERT ; nous nous faisons un plaisir de citer *in extenso* quelques parties du travail du célèbre docteur, qui nous ont parues dignes du plus grand intérêt :

« La médecine a pour but de guérir la maladie,
» de soulager la souffrance, de conserver la
» santé et de perfectionner l'homme.

» Elle naquit du plus précieux sentiment que
» la nature ait gravé dans le cœur humain, de
» cette bienveillance sympathique, dit *Richerand*,
» qui nous fait compatir aux maux dont nous
» sommes témoins, et nous inspire le désir d'y
» porter remède.

» Le premier qui vit souffrir son semblable dut
» partager sa douleur et chercher les moyens
» de le soulager.

» L'Église honore, aime, protège le médecin,
» et le prêtre est naturellement l'ami du médecin.

» . . . .

» L'HYGIÈNE est aussi comme la médecine,
» l'art de conserver la santé.

» L'hygiène indique à l'homme la mesure dans
» laquelle il doit user de lui-même et des choses
» extérieures pour se conserver en santé; elle
» lui apprend à se servir des choses utiles et à
» éviter les choses nuisibles. Depuis longtemps,
» il est prouvé que l'homme est le sujet de l'hy-
» giène : il présente des différences qui varient
» selon son âge, son organisation et son genre de
» vie; il est modifié par les choses extérieures
» qui l'entourent, et par celles dont il se sert et
» dont il jouit.

» L'hygiène peut donc se diviser ainsi :

» 1° Par les agents de la nature au milieu
» desquels nous vivons :

» *La chaleur, la lumière, l'électricité, l'air,*
» *l'eau, le sol.*

» 2° Par les choses qui s'appliquent à la sur-
» face du corps :

» *Vêtements, cosmétiques, bains, lotions, fric-*
» *tions.*

» 3° Par les substances dont nous nous nour-
» rissons :

» *Aliments, condiments, boissons.*

» 4° Par nos mouvements :

» *Repos, sommeil, exercices, gymnastique.*

» 5° Par nos perceptions :

» *Sensations externes, instincts, sentiments,*
» *intelligence.*

» Telles sont les bases fondamentales de l'hy-
» giène qui nous donnent la santé. Naître, vivre
» et mourir, dit le docteur *Reveillé-Parise,*
» sont les trois termes nécessaires, de toute exis-
» tence humaine ; mais vivre sans douleur, et
» mourir le plus tard possible, c'est le but que
» nous nous proposons tous d'atteindre. En sui-
» vant avec attention les préceptes de l'hygiène,
» on peut, sinon reculer la mort, mais y venir
» comme le veut la loi de la nature, sans souf-
» frances. »

Ici, nous terminons, en citant un fait entre
mille des bienfaits de l'hygiène. *Louis Cornaro,*
noble Vénitien, qui est mort âgé de plus de
cent ans, a écrit quatre discours sur les avantages de l'hygiène : il avait quatre-vingt-trois
ans, quand il écrivit le premier ; quatre-vingt-
six, quand il donna le second ; le troisième parut
quand il en avait quatre-vingt-onze, et c'est à
quatre-vingt-quinze ans qu'il composa le qua-
trième. Il prouve que l'homme peut perfectionner

sa constitution, et rétablir ses organes affaiblis
par les excès, en suivant les conseils de l'hygiène,
qui ne diffèrent en rien de la vraie morale.

Il est donc facile de se rendre compte que, de
tous les temps, la conservation de la santé, de la
beauté fut toujours recherchée avec le plus grand
soin.

Les Grecs, desquels nous avons déjà parlé,
personnifiant la santé, en avait fait une déesse,
Hygie, d'où est venu le mot hygiène. C'était une
nymphe à l'œil riant, au teint frais, à la taille
légère, dont l'embonpoint formé par la chair est
moins sujet à se flétrir. Elle portait un coq sur la
main droite, et de l'autre tenait un bâton entouré
d'un serpent ; le coq symbolisait la vigilance, le
serpent la vie qui se renouvelle.

L'étude de soi-même, l'exercice actif de tous
les organes, la modération en tout sont les plus
sûrs moyens de conserver la santé, la beauté, et
de vivre longtemps.

Ici, nous entrons dans un autre ordre d'idées,
que nous croyons utile de développer.

Les philosophes ont nommé AFFECTIONS MORALES
les passions qui ne sont que les mouvements
déréglés de l'âme, les émotions violentes. Là,
nous trouvons de nombreux dangers pour la
conservation de la santé, de la beauté.

Comment y échapper?

Le mal étant essentiellement moral, il faut appeler à soi toute la force de caractère possible.

Ah! nous en convenons, c'est pour certaines natures bien difficile. Les femmes nerveuses sont souvent disposées à la colère. Le docteur Re-veillé-Parise cite une jeune fille très-irritable, qui éprouvait à chaque excès de colère des spasmes presque convulsifs; comme elle était fort jolie et coquette, le docteur lui dit un jour avec fermeté que, dans un de ses accès, il lui arriverait certainement, par la compression du cerveau, une paralysie des muscles de la face, et peut-être une distorsion permanente de la bouche.

Le remède fut héroïque, la jeune fille effrayée prit un grand empire sur elle-même, et bientôt devint un ange de patience et de douceur.

De ceci, lectrices, il faut en conclure que la paix de l'âme, l'abstention d'émotions violentes, sont les moyens de conserver la beauté, et au-cune de vous n'a pas été sans remarquer sur elle-même les fâcheux effets des passions. . . . . . .

Pour compléter notre travail sur l'hygiène, nous pensons nécessaire de vous parler des cos-métiques en général et des soins que vous devez apporter dans leur choix, sur lesquels nous nous

proposons de vous guider, et de l'attention que
vous devez prendre dans leur emploi.

« Nous avons toujours pensé que les raisons
» qui font que l'on punit l'auteur d'un ouvrage
» qui outrage la morale et la religion, sont par-
» faitement applicables à celui qui vend une
» chose nuisible à la santé des citoyens. »

Voilà comment M. Réveil, un de nos plus célèbres professeurs, un de nos chimistes les plus
distingués, termine un intéressant travail sur les
cosmétiques.

Et d'abord, qu'entend-on par un cosmétique?

Il y a presque autant de définitions que d'auteurs qui ont écrit sur ce sujet. Elles peuvent
toutes se résumer en ceci :

On désigne sous le nom de cosmétiques, toutes
les substances destinées à entretenir LA BEAUTÉ
DU CORPS.

Mérat et Dolens, les auteurs du *Dictionnaire
Universel de matière médicale*, disent :

« Qu'ils sont destinés à donner au corps, et
» surtout au visage, une beauté qu'il n'a pas!
» à retenir ou à rappeler celle qui se passe ou
» celle qu'il n'a plus; que cette classe d'agents
» thérapeutiques, dont on avoue moins l'usage,
» est une des plus recherchées, surtout par les
» femmes, qui voient toujours avec dépit s'en

» aller leur jeunesse et avec chagrin leur beauté. »
Ceci est une vérité incontestable!

Enfin, MM. Chevalier et Trébuchet, membres
tous deux du conseil d'hygiène publique et de
salubrité, se sont élevés à plusieurs reprises dans
des travaux à ce sujet contre la négligence et
l'incurie de certains parfumeurs, qui mettent en
vente des substances dont beaucoup ignorent les
effets fâcheux et nuisibles, autant pour la santé
que pour la beauté.

Prêtez une grande attention à ceci, mesdames,
c'est dans votre intérêt, dans l'intérêt surtout de
votre beauté, que nous voulons vous prémunir
contre l'usage, l'abus de certains cosmétiques.

Deux parfumeurs avaient vendu à divers
artistes des *blancs de fard;* ces artistes furent,
par suite de l'emploi de cette substance, atteints
d'accidents plus ou moins graves et présentant
tous les caractères d'un empoisonnement. Ils
tombaient dans une espèce de langueur, à la suite
de laquelle il y avait perte de mémoire, trouble
de l'intelligence, et de l'enflure se manifestait
aux bras et aux mains.

L'affaire fut portée devant les tribunaux; les
préparations vendues furent analysées, et on re-
connut que le *blanc de fard* contenait une quantité considérable de *carbonate de plomb.*

En conséquence, la 6ᵐᵉ Chambre de police correctionnelle condamna chacun des parfumeurs à trois mois de prison et à 500 francs d'amende; nous n'en finirions pas, s'il nous fallait énumérer les nombreux accidents produits par les cosmétiques mal préparés.

Vous voilà averties, mesdames, et de ceci concluez qu'il ne faut jamais prendre vos parfums que dans de bonnes maisons, connues, honorables, et si, par hasard, leurs prix sont un peu plus élevés, soyez bien convaincues que c'est encore bon marché, car, sachez-le bien, en parfumerie comme en bien des choses :

LE BON MARCHÉ COUTE TOUJOURS TROP CHER.

Une des substances les plus innocentes du monde est, vous le savez, la POUDRE DE RIZ. On serait vraiment étonné de connaître les nombreuses falsifications auxquelles elle donne lieu; elles ne peuvent heureusement en rien altérer la santé : le plâtre, le talc sont les mélanges qu'on y fait entrer le plus souvent, et tout cela pour vendre moins cher.

Les poudres ou pâtes dites épilatoires sont très-dangereuses; on y fait entrer du mercure, de l'arsenic, de l'oxide de plomb, de la chaux vive, de la soude caustique : toutes ces substances sont essentiellement vénéneuses.

Nous l'avons dit, et nous ne saurions trop le répéter, choisissez avec soin votre fournisseur, et, pour terminer, si quelque poil ou quelque indiscret duvet vous tourmentait, laissez-le, mesdames, il ne peut nuire en rien à votre beauté, croyez-le, et les effets des poudres ou pâtes épilatoires seraient encore plus funestes.

V

SOMMAIRE. Attention. — Qu'est-ce que la beauté? — Les
ennemis. — Toilette d'une élégante au dix-neuvième
siècle.— La parfumerie moderne. — L'agent nouveau. —
Un peu de science. — L'éponge et la brosse. — Le
lait. — Ninon et son bain. — Masques et voiles. — Les
savons, les artistes et les fards.

Nous voici arrivé à la partie la plus difficile de
notre tâche, à celle qui demande le plus
d'attention, à celle, enfin, qui résume les moyens
les meilleurs pour conserver la beauté.

Nous nous plaisons à croire, mesdames, que
vous nous avez lu avec quelque intérêt jusqu'ici;
nous vous demandons maintenant de nous lire
avec attention, pensant avec raison que vous
vous rendrez un compte exact de ce que nous
avons désiré faire:

C'est-à-dire vous être utile.

Nous entendons donc, par BEAUTÉ. la blan-

cheur *de la peau du visage, des mains, du corps,
la conservation de la chevelure, la blancheur et
la beauté des dents!*

C'est donc sur chacun de ces avantages que
nous allons entrer dans des détails qui, nous en
sommes convaincu, seront pour vous d'un grand
intérêt.

Puisqu'il est convenu que la beauté du visage
c'est la peau, examinons les causes qui peuvent
lui nuire, les moyens de les prévenir, de les
conjurer.

La peau a deux ennemis, L'EAU ET L'AIR; nous
vous voyons sourire, chères lectrices, et cependant rien n'est plus vrai. Nous vous avons dit
comment une dame romaine procédait à sa toilette, et, vous avez pu voir que déjà, à cette
époque, *l'eau, quelque pure qu'elle fût*, était additionnée de *lait d'ânesse* ou de toute autre préparation qui avait pour but de lui ôter complètement sa crudité. Sachez-le bien, l'eau pure et
fraîche, quelque soit sa limpidité, est dangereuse.

Voici pourquoi. Au lever, la peau du visage,
des mains, de tout le corps, enfin, est encore sous
l'impression d'une douce moiteur, produite par
la chaleur du lit; si, subitement, vous inondez le
visage avec de l'eau, en quelque saison que ce
soit, une réaction violente s'opère, le sang chassé

par la fraîcheur de l'eau, revient plus vif, plus chaud, et, le croirait-on, ce régime aquatique a pour effet de donner des rougeurs à la peau et de hâter les rides !

Or, les rides, mêmes précoces, n'est-ce pas la vieillesse ?

Pour éviter ces dangereux effets, il est nécessaire de mettre un certain intervalle entre le lever et le commencement de la toilette ; puis, appelant la parfumerie à votre aide, vous vous servirez de ces produits miraculeux qui, sous le nom générique D'EAUX DE TOILETTE, sont les corollaires indispensables des ablutions, tant par leurs qualités essentiellement toniques que par leurs parfums.

Donc, pour la femme élégante, soigneuse de sa beauté, procédons comme la dame romaine, l'exemple est bon à suivre.

Une demi-heure après le lever, commencer les ablutions ; à l'eau de ces ablutions vous pourrez joindre différentes *eaux* dites *de toilette*, suivant vos goûts, et qui, préparées avec soin, ont depuis longtemps donné des résultats concluants. Voulant vous guider, nous vous conseillerons une eau de toilette à laquelle on a donné le nom de BOUQUET DES ALPES. Vous savez toutes, mesdames, que les Alpes sont d'une grande ri-

chesse en flore et en plantes aromatiques, cette
eau dite Bouquet des Alpes est une combinaison
des meilleures plantes recueillies sur les monts
alpestres, pas autre chose ; ces plantes combinées
avec des esprits alcooliques de premier choix,
fournissent un agent précieux pour la toilette.

Nous vous citerons encore un Vinaigre a la
Violette. La violette, ce parfum si suave, si élégant, n'attaquant jamais le système nerveux;
nous pensons bien que ce parfum était inconnu
des dames romaines, il est de création récente;
il appartient en propre au dix-neuvième siècle.

Enfin, nous parlerons encore d'une Eau de
Cologne extra-forte dite de Santé.

La célébrité dont jouit l'*eau de Cologne* depuis
plus d'un siècle, nous dispense d'en faire un
long éloge, et surtout d'en établir toutes les propriétés.

La parfumerie moderne l'a perfectionnée, un
choix de plantes a été étudié avec soin, une préparation sérieuse a été appliquée, et en lui donnant le nom d'Eau de Cologne de Santé nous
indiquons suffisamment tous les services que
peut rendre un pareil agent.

Examinons les bienfaits de ces lotions, et les
résultats qu'on doit en attendre.

Elles préviennent et dissipent les feux du vi-

sage, les efflorescences, les éruptions, les éphé-
lides, les taches de rousseur, une foule de petits
désagréments qui n'ont généralement d'autres
causes que l'âcreté du sang.

Nous ne saurions trop conseiller aux dames
l'usage constant, journalier, de ces merveilleux
produits, d'une efficacité reconnue pour les
usages intimes et délicats d'une toilette poussée
dans ses moindres détails.

Pour les ablutions, nous proscrivons les linges,
quelque doux qu'ils puissent être, nous les rem-
plaçons par les ÉPONGES FINES; puis, au lieu de
procéder par frictions, toujours irritantes pour
la peau, nous conseillons l'application par l'é-
ponge sans violence, et l'étanchement.

Vous le voyez, mesdames, nous pousserons
loin nos conseils, nous voulons tout prévoir;
peut-être nous trouverez-vous puérils? Nous ne
le pensons pas, en fait d'hygiène, et pour vous
conserver toujours belles et charmantes nous ne
saurions entrer dans trop d'explications.

Nous reprenons.

Les ablutions terminées, vous laisserez sécher
la peau du visage; mais, pour lui conserver sa
souplesse et sa fraîcheur, nous avons encore des
produits sur lesquels nous attirerons votre attention : la parfumerie moderne prévoit tout.

Nous faisons allusion à un agent nouveau dû à l'incessante préoccupation de nos savants chimistes : LA GLYCÉRINE!

La GLYCÉRINE CONCENTRÉE, sur la vertu de laquelle nous ne saurions trop appeler votre attention, ne s'emploie pas d'une autre manière que les COLD-CREAM ordinaires. C'est une pâte douce, légère, parfumée, transparente, d'un aspect charmant, elle s'étend sur la peau en couches minces, sans empâtement, et l'eau en dissout l'excédant sans nuire à son action bienfaisante.

Les COLD-CREAM peuvent être employés comme la GLYCÉRINE, après les ablutions. Nous connaissons un COLD-CREAM ROSÉ qui, placé sur la peau, lui donne une fraîcheur et un velouté charmant; mais le COLD-CREAM, quelque soient ses bienfaisantes qualités, ne possède pas l'immense avantage de faire disparaître les rides prématurées, ainsi que beaucoup de petits accidents causés à la peau par l'usage journalier des fards, obligatoires pour nos artistes dramatiques, et sur lesquels nous reviendrons.

Dans ce dernier cas, nous conseillerons l'emploi continuel de la GLYCÉRINE au moment de se coucher, parce qu'alors rien ne vient plus en contrarier l'application.

Cette description de deux excellents produits

n'est pas inutile, nous en sommes convaincu. Nous reprenons la suite des détails de la toilette d'une parisienne ou d'une dame au dix-neuvième siècle, absolument comme nous avons fait pour les dames romaines.

Les ablutions faites, la peau séchée, et ayant reçue une application légère, soit de *Glycérine* ou de COLD-CREAM ROSÉ, au choix de la personne, le visage sera couvert de FLEUR DE RIZ, vous entendez, mesdames, *fleur* DE RIZ, c'est-à-dire la poudre la plus pure, la plus fine extraite du riz; cette poudre parfumée achèvera de blanchir la peau, lui rendra sa finesse et son éclat. L'application de cette poudre de *fleur de riz* se fera au moyen d'une houppe de cygne blanc, et la poudre sera enlevée par des frottements légers faits avec une brosse, dite BROSSE A PEAU, en poils de chèvre blancs, longs et fins.

Ces brosses, d'une création toute moderne, étaient certainement inconnues des dames romaines qui, malgré leurs idées avancées en fait de toilette, étaient privées sans nul doute de ces mille accessoires créés par notre industrie dans l'intérêt de votre beauté.

Les savons et leurs emplois multiples viennent ensuite pour le corps et les mains. S'il est une substance dont l'usage est général, quotidien, c'est bien le savon. Les savons sont de différentes espèces qui toutes sont essentiellement utiles; mais nous ne nous occuperons que des savons fins, dits Savons de Toilette, à la préparation desquels les parfumeurs apportent une grande attention.

Pour les savons, on emploie des matières grasses très-pures, afin que s'assimilant entre elles les aromates qui les parfument aient plus d'action; on y ajoute des huiles végétales d'une grande finesse, *l'olive, l'amande, la noisette, l'aveline* sont préférées et, partant, deviennent les bases essentielles des savons de toilette. Les savons sont donc pour la toilette d'une nécessité absolue, on en fabrique un nombre considérable de toutes sortes, de toutes espèces qui toutes rendent des services; mais parmi tous ces produits de la savonnerie, nous en recommanderons un spécial auquel on a donné le nom de Savon de Lactéine, *à base de sucre de lait.*

Vous vous souvenez, lectrices, que la dame romaine se servait d'eau additionnée de lait d'ânesse.

Le Savon de Lactéine entre entièrement dans cette combinaison hygiénique d'eau et de lait; ce savon précieux est le résultat d'une heureuse combinaison de *sucre de lait* avec diverses bases saponifiables qui, tout en gardant les qualités adoucissantes des autres savons, y ajoute dans une grande proportion une propriété laiteuse, détersive, qui nettoie, blanchit la peau sans aucun danger pour la sensibilité dermale des dames et des enfants.

Notons une chose en passant, c'est que tous les produits de la parfumerie, dont nous conseillons l'usage, sont connus depuis longtemps, appréciés par les dames élégantes, et que ce n'est qu'à la suite de longues et minutieuses expériences que, nous rendant compte de leurs bienfaisantes propriétés, nous les faisons connaître.

Pour terminer la question aquatique sur la peau, nous ajouterons que les bains devront être courts et fréquents, la crudité de l'eau sera combattue par l'addition d'un demi-flacon soit D'EAU DE COLOGNE EXTRA-FORTE DE SANTÉ, soit d'eau dite BOUQUET DES ALPES ou de VINAIGRE DE TOILETTE DE VIOLETTE, produits dont nous avons parlé plus haut; puis, enfin, la peau recevra de douces frictions de SAVON DE LACTÉINE qui constitue un vrai bain de lait des plus salutaires pour la peau et pour l'hygiène en général; ce qu'on ne pourrait obtenir avec un autre savon, et cela parce que le SAVON DE LACTÉINE a une composition toute spéciale due en grande partie à la concentration du lait.

Puisque nous parlons de bains, il nous revient en mémoire une recette dont la *belle Ninon de Lenclos* faisait usage, c'est pour vous, mesdames, une nouveauté, nous vous la donnons sans commentaires. Les bals de l'hiver, les spectacles, les longues soirées passées sous les influences pernicieuses de la chaleur des lumières, des gaz, les chaleurs de certains mois de l'année, la vie, enfin, la vie enfiévrée de plaisirs ou d'affaires, toutes ces choses ont pour résultat d'apporter un certain désordre dans l'organisme, le système nerveux en souffre souvent. La BELLE NINON, femme de loisirs, et tenant à sa beauté, avait imaginé, tout en se servant des produits de la parfumerie de son époque, de faire jeter dans le bain qu'elle prenait chaque jour, une assez grande quantité de *fleurs de tilleuls* qui, s'infusant aussitôt, répandaient dans l'atmosphère des émanations d'une suavité, d'une douceur infinie, et qui, pénétrant peu à peu dans l'organisme, produisaient des sensations des plus hygiéniques, les nerfs se calmaient et un sentiment de bien-être se révélait par tout le corps.

Voilà la recette :

Faites-en l'usage qui vous plaira le mieux, mesdames.

Nous avons combattu et ce victorieusement,

nous en sommes sûr, le premier ennemi de la beauté de votre peau : L'EAU.

Essayons maintenant de combattre le second, L'AIR, dangereux au même degré, un peu pour les mêmes causes, c'est-à-dire les transitions subites *d'air chaud ou froid.*

Vous avez vu qu'autrefois les femmes qui brillaient par leur beauté ne sortaient que masquées, la mode des masques disparut, et les voiles furent en usage; nous devons croire que ce fut dans le même but que pour les masques qu'on créa les voiles, et, de plus, si la mode subsiste encore, c'est que les femmes se sont rendu compte de leur utilité.

Pour vous préserver des âpres baisers de la brise, le moyen est simple, mesdames; en tout temps, en toute saison, n'exposez pas votre gracieux visage à l'air sans être pourvue d'un voile. A celles d'entre vous qui, chaque année, allez demander à la vie des champs, au silence des futaies, aux brises de la mer, le calme et le repos, joignez à votre coquette ombrelle, à votre élégant éventail, un long voile de gaze légère, et vous n'aurez rien à redouter de ce que la science nomme LE HALE, qui détruit généralement la blancheur de la peau et influe sur sa souplesse.

Cependant, rassurez-vous! Si, par aventure, ce

malheur vous arrivait, la parfumerie moderne a
des moyens, nous vous en avons parlé, la GLY-
CÉRINE CONCENTRÉE vous défendra contre bien des
ennuis, les ardeurs du soleil sont sans force près
d'elle, et si, comme vous devez le faire, vous de-
mandez aux bains de mer leur tonique influence,
les frictions de GLYCÉRINE CONCENTRÉE rendront
à votre peau la souplesse que lui retire l'action
alcaline et salée de l'eau.

Nous ne devons pas finir ce chapitre sans parler des fards blancs ou rouges, ces agents de la
parfumerie nécessaires, obligatoires aux artistes
dramatiques des deux sexes.

Nous avons dit plus haut de quelle sérieuse
importance était la préparation des ces produits
et des causes fâcheuses que pouvait entraîner
une fabrication déshonnête, inhabile.

Là, il y avait une lacune à combler, il fallait chercher des agents remplissant le but désiré, mais
surtout inoffensifs, sans danger pour l'économie.

L'étude et les recherches ont amené plusieurs
produits qui, essayés par de nombreux artistes,
ont donné de concluants résultats.

Nous recommandons :

1º La CRÈME IMPÉRATRICE, fard blanc, pâte douce,
parfumée, donnant de la blancheur et de la fraîcheur au teint ;

2° Un ROUGE VÉGÉTAL SURFIN, tiré de la coche-nille, évidemment sans danger ;

3° Et, enfin, un BLANC DE PERLES SURFIN, adopté par nos plus jolies et nos plus élégantes actrices de Paris.

Nous terminerons en ajoutant que quelque soit l'innocuité de ces fards, ils entraînent quelque-fois des rugosités à la peau, et hâtent les rides. Pour prévenir ces résultats, indépendants com-plètement des causes hygiéniques, il faudra tou-jours avoir recours à la GLYCÉRINE CONCENTRÉE dont nous avons déjà longuement parlé.

VI

Sommaire. Le cheveu et l'analyse. — Les maladies du système pileux. — Les effets et les causes. — Les panacées. — Toujours l'hygiène. — Rôle du parfumeur. — Rhum et quinquina. — Le vieux beau et la coquette. — Gare aux teintures.

Nous pensons nous être suffisamment expliqué sur les soins que réclame la peau, nous suivrons le programme que nous nous sommes imposé en nous occupant des soins à donner à la chevelure, des maladies qui affectent le système pileux, des moyens les meilleurs, les plus rationels, pour prévenir ou en atténuer les effets, puis des pommades, huiles, cosmétiques employés pour les conserver, leur rendre enfin leur souplesse et leur brillant.

Si nous ne craignions de devenir prolixes, nous

dirions, scientifiquement parlant, ce que sont les cheveux ; un grand chimiste, *M. Vauquelin*, en a fait l'analyse, fort curieuse, du reste, car dans les cheveux, dit le célèbre professeur, on trouve du fer, du silice, de la manganèse et d'autres sels.

Passons !

Le système pileux, autrement dit le cuir chevelu, est sujet à plusieurs maladies dont la plupart des causes sont identiques; ces maladies ne sont nullement dangereuses pour la santé, mais leurs effets sont désastreux et affligent ceux qui en sont atteints, les dames surtout, chez lesquelles la chevelure est un ornement duquel il est difficile de se passer.

Les maladies qui affectent le système pileux sont malheureusement trop fréquentes !

Peut-on les guérir?

Peut-on les combattre?

Peut-on en atténuer les effets?

A ces trois questions nous répondrons : oui, si le sujet est jeune !

Et nous pensons qu'avec des soins, une grande attention, on peut les prévenir et les combattre.

La plus fréquente de ces maladies est L'ALOPÉCIE *ou perte partielle des cheveux.*

Les causes qui la déterminent sont nombreuses

chez les femmes : ce sont généralement les suites
d'enfantements laborieux, les effets de longues
et douloureuses maladies ; chez les hommes, les
causes D'ALOPÉCIES viennent des travaux intel-
lectuels, d'abus de plaisirs de toutes espèces et,
nous ajouterons un avis personnel, la coiffure,
ce long cylindre sans grâce que la mode et la
routine nous oblige de porter.

Les commencements D'ALOPÉCIES sont faciles à
voir, la tête se couvre de nombreuses pellicules
qui ne sont autre chose que les symptômes d'une
affection dartreuse qui n'est que le prélude de
L'ALOPÉCIE ou la perte partielle des cheveux.

A cette affection, nous l'avons dit, il y a remède, surtout si le sujet est jeune, et en appelant encore à son aide la parfumerie !

Après L'ALOPÉCIE vient LA CALVITIE, qui n'est
autre chose que la perte totale des cheveux. Si
la personne est jeune on peut encore combattre
cette maladie, dont les causes sont les mêmes
que pour L'ALOPÉCIE ; mais généralement LA CAL-
VITIE est un effet de l'âge ; dès lors il est facile
de comprendre que rien ne peut y remédier.

Vient ensuite LA CANITIE, ou la décoloration
des cheveux ; les bruns passent au gris et ensuite
au blanc ; les cheveux blonds sont moins sujets
à blanchir, l'âge les fait quelquefois passer au

jaune et les décolore. Ici, nous nous trouvons
encore en présence des lois de la nature devant
lesquelles il faut s'incliner.

Ajoutons à ces maladies L'ECZÉMA, maladie
heureusement fort rare et dont la guérison est
essentiellement du domaine de la science; aussi,
ne nous en occupons pas.

Seulement, lectrices, toutes les fois que quelque chose d'anormal se présentera sur votre tête
et que vous verrez tomber vos cheveux, avant
tout, consultez votre médecin!...

Quel beau livre nous ferions si nous voulions
vous faire connaître toutes les panacées qui ont
été cherchées, créées, trouvées, enfin, dans le but
de faire pousser les cheveux, d'en arrêter la chute
ou, plus fort encore, leur rendre la couleur primitive.

Il ne nous appartient pas ni de juger, ni de
critiquer tous ces produits échappés d'imagina-
tions en délire, et nous voulons bien croire, dans
l'intérêt de l'espèce humaine, que les prôneurs
de ces produits ont agi avec conviction.

Mais quels résultats!

Pour quelques-uns, ils furent complètement
nuls; pour d'autres, ils furent désastreux!

Pour nous, notre tâche est de vous indiquer
les moyens les meilleurs pour conserver votre

chevelure, moyens basés sur l'hygiène, à laquelle nous devons toujours revenir.

Les soins à donner à la chevelure sont multiples, mais tous ont le même point de départ :

UNE EXTRÊME ET MINUTIEUSE PROPRETÉ.

Nous reprenons la suite de la toilette des dames :

Les ablutions terminées, les soins doivent se porter nécessairement sur les cheveux. On commence par les démêler avec soin, sans violence surtout, avec un peigne-démêloir aux dents écartées et longues. Choisir de préférence l'écaille, l'ivoire ou le bon buffle.

Nous proscrivons l'usage des peignes fins qui n'entrent qu'avec peine dans une chevelure abondante, et cassent les cheveux, ou dans une chevelure peu épaisse grattent, irritent le cuir chevelu, causent des érosions à la peau, et déterminent fréquemment une maladie dartreuse qui entraîne toujours après elle L'ALOPÉCIE.

Les peignes fins peuvent être remplacés par les brosses ni trop dures, ni trop douces; on écartera les cheveux avec soin et on procédera par des frictions à la brosse, doucement et toujours sans violence.

Une fois par mois, nous conseillons le nettoyage de la tête; pour le faire, nous réjetons l'antique

usage des *jaunes d'œufs* ou le moyen plus moderne du *bi-carbonate de soude*.

Ces moyens sont mauvais!

Le premier, par son insuffisance; le second, par
son action violente sur le cuir chevelu.

L'eau de son en ablutions, le son humide en
frictions sur le cuir chevelu.

Puis, les cheveux et la tête lavés, on la laissera
complètement sécher; c'est alors que nous aurons
encore recours à l'art du parfumeur qui nous
donnera LES POMMADES VIVIFIANTES, LES HUILES
VÉGÉTALES CONCENTRÉES, dont l'emploi raisonné
préviendra les maladies des cheveux, les conser-
vera et leur rendra le brillant et la souplesse.

Avant de vous signaler ces agents si utiles
pour la chevelure, nous nous permettrons une
digression.

Beaucoup d'entre vous, chères lectrices, se
font coiffer : il en est du coiffeur comme du parfumeur.

A l'un vous vous adressez à sa conscience! à
l'autre, à son habileté; une des causes fréquentes
de la perte des cheveux tient aux coiffeurs inha-
biles qui, sans soucis de l'hygiène, sans soins,
sans attention, peignent, crêpent, pressent et
cassent les cheveux.

Le rôle du parfumeur est toujours important,

car de lui seul dépend la conservation et la beauté de la chevelure. Si les pommades sont mal préparées, si les matières premières sont de qualités inférieures, quelque soit la suavité du parfum, ces pommades sont dangereuses.

Vous le voyez, mesdames, à chaque pas nous nous adressons à la conscience du parfumeur; aussi, nous ne saurions trop le répéter, ne faites pas fausse route dans le choix de votre fournisseur et de vos parfums.

Pour les soins quotidiens de vos cheveux, nous vous conseillons l'usage d'un agent qui a nom Régénérateur Coudray; son nom indique suffisamment les effets qu'on doit en attendre, mais ce que nous pouvons indiquer avec l'usage de la pommade, et combiné avec son emploi, c'est une préparation composée de rhum et quinine qui fortifie la racine des cheveux : la pommade a pour but de l'assouplir, la lotion est pour lui conserver son action vivifiante.

Tout le monde connaît les propriétés du quinquina, connu seulement en Europe depuis la découverte de l'Amérique et le séjour de Christophe-Colomb et de Fernand-Cortez dans le Nouveau-Monde.

Les Espagnols, à la suite d'un long voyage, et sous un climat différent du leur, ne tardèrent

pas à être affectés de fièvres violentes, les In-
diens vinrent à leur secours, et les guérirent; le
quinquina seul fit ce miracle. Depuis, le quinquina prit une place importante dans la thérapeutique; l'action bienfaisante de cette écorce
d'arbre prit de grandes proportions, les parfumeurs en étudièrent les propriétés, et ce fut
ainsi que le quinquina, ou quinine, devint la
base d'agents sérieux employés en parfumerie.

Ajoutons à la pommade dite RÉGÉNÉRATEUR, à
la lotion de RHUM ET QUININE, un COSMÉTIQUE
EXTRA-FIN, composé de substances choisies qui
n'ont pas l'inconvénient des cosmétiques ordinaires, c'est-à-dire de laisser sur les cheveux une
poussière épaisse, grasse, qui les détériore et les
ternit; avec l'usage de ce cosmétique, vous aurez
le grand avantage de donner à vos cheveux de
la fixité, de la souplesse et du brillant.

Parlerons-nous des teintures?

Vous avez pu voir que de tout temps on a recherché avec soin les moyens, sinon de reculer
les années, du moins de cacher les effets de l'âge!

Un mot en passant.

S'il est ridicule étant jeune de se vieillir pour
obéir à quelque étroitesse d'esprit, il est triste,
en vérité, de vouloir paraître jeune quand l'âge
est venu.

LE VIEUX BEAU, LA COQUETTE SURANNÉE, aux
dents fausses, aux cheveux teints, à la figure
plâtrée, ne nous inspire qu'une froide pitié. La
vieillesse cependant n'a rien de fâcheux, et n'a-
t-elle pas toujours eu droit à nos respects!

Oui, certes.

Mais n'est-il pas certaines conditions de la vie
qui nous imposent de vieillir le plus tard possible? C'est vrai, les dames voient toujours avec
peine s'enfuir ces charmes qui faisaient leurs
forces; les hommes, par exemple, qui, jeunes
encore, voient leurs cheveux blanchir, s'en
effrayent.

Quand l'intelligence est à son apogée, quand
le cœur est vaillant encore, quand l'esprit est en
pleine floraison, oui, nous en convenons, c'est
triste; mais que faire?

Alors on a recours aux teintures.

C'est donc encore au parfumeur qu'il faut s'a-
dresser, c'est à toute sa science qu'il faut faire appel.

Nous ne vous le cacherons pas, mesdames, nous
n'avons aucun agent à préconiser, car la plupart
des teintures connues jusqu'à ce jour ne sont pas
sans danger, et si, pour quelque temps, elles
donnent les apparences de la jeunesse, la perte
des cheveux, qui est la suite de leur emploi, est
plus fatale encore.

VII

SOMMAIRE. Perles et corail. — Ce que sont les dents. —
Jolie, mais !... — Arracher n'est pas guérir. — Les agents
passés. — Les brosses et les élixirs. — Les ongles roses.

DE tous les temps et chez tous les peuples, la
blancheur et la régularité des dents ont été
considérées, à juste titre, comme l'un des princi-
paux éléments de la beauté. Les poëtes dans le portraits qu'ils nous donnent de leurs héroïnes, entrent dans la longue description de leurs charmes,
une double rangée de perles blanches, enchâs-
sées dans des gencives d'un beau rose corail.

Est-il, en effet, quelque chose de plus sédui-
sant que le sourire d'une bouche fraîche, ornée
de belles dents, exhalant un parfum suave et doux
comme la douce haleine d'un enfant. Saines, les
dents sont l'ornement de la bouche ; altérées,

elles causent mille souffrances, mille chagrins, et nuisent à la beauté.

Examinons en quelques mots ce que sont les dents, leur nature, leurs fonctions.

Les dents sont de petits os d'une dureté extrême, fixés solidement au bord de la mâchoire.

Elles se divisent ainsi :

1° Les INCISIVES qui se terminent par une lame mince, tranchante, placées sur le devant de la bouche, et servant à couper les substances introduites entre les mâchoires ;

2° Les CANINES, de forme conique, qui s'implantent dans les aliments et servent à les déchirer ;

3° Les MOLAIRES, qui se terminent par une surface large, inégale, et servent à écraser et à broyer les aliments.

Quelle est celle d'entre vous, mesdames, qui n'a pas remarqué le disgracieux effet d'une bouche édentée? Les plus jolis visages deviennent laids, les joues se creusent, le rire devient affreux, et, dans les effets d'une vieillesse précoce, le manque de dents est pour beaucoup.

L'hygiène de la bouche devient donc une nécessité ; sans dents la mastication des aliments reste incomplète ; de là, des digestions difficiles, des douleurs d'estomac, des maladies de poitrine. Les dents gâtées rendent l'haleine fétide et causent des douleurs intolérables, les maux de tête, les névralgies intenses.

Si les dames ne tenaient essentiellement à la conservation des dents par coquetterie, ce triste tableau des souffrances provenant des dents mauvaises suffirait pour appeler sur les soins de la bouche toute leur attention.

Les causes qui motivent l'altération des dents sont multiples, on ne peut les prévoir, malheureusement; cependant, nous sommes convaincu que des soins constants, bien entendus, peuvent sinon les prévenir, du moins en atténuer les fâcheux effets. Les eaux de sources, qui, pour la plupart, sont saturées de chaux, les eaux vives et crues déterminent chez ceux qui en font usage des caries fréquentes; les boissons préparées avec ces mêmes eaux produisent les mêmes résultats. En Picardie, en Normandie, la plupart des femmes ont les dents mauvaises; dans le Nord, les femmes perdent leurs dents fort jeunes.

Nous avons parlé plus haut des progrès faits par la science au dix-neuvième siècle, l'art du dentiste est devenu des plus sérieux; autrefois, des empiriques, des charlatans avaient le monopole d'arracher les dents mauvaises, quelquefois les bonnes, tant était grande leur ignorance; aujourd'hui, nos dentistes sont pour la plupart des savants, des hommes pratiques, qui ont fait de longues études anatomiques, et qui, ne laissant rien au hasard ni à la routine, doivent toujours être consultés par vous, mesdames.

L'excellent précepte de *Cœlius Aurelianus :* ARRACHER N'EST PAS GUÉRIR, est mis en pratique par nos dentistes en renom, qui n'ont recours à l'extraction, toujours si douloureuse, que lorsqu'il est impossible de faire autrement.

, L'hygiène de la bouche, les soins des dents devaient nécessairement attirer l'attention du parfumeur. On chercha des agents ; pendant longtemps on se servit de produits dangereux qui, analysés, démontraient clairement où peut conduire l'ignorance et l'amour insensé du lucre.

Des poudres composées d'*os de sèche*, de *pierreponce*, de *crême de tartre*, d'*alun de chaux* et d'autres substances corrosives ; puis les fameuses *eaux* dites *dentifrices*, faites de substances astringentes, d'*acide acétique, chlorydrique*, et même d'*acide sulfurique*.

Tous ces beaux produits du charlatanisme, vous le comprendrez sans peine, sont dangereux, non-seulement ils peuvent détruire l'émail, mais ils déchaussent les dents, mettent à nu l'alvéole et amènent fatalement la carie et souvent la perte de la mâchoire. D'après ce qui précède, vous pouvez voir que là encore il vous faut avoir une grande foi, une confiance entière dans le talent de votre fournisseur.

Dans la préparation *des dentifrices*, préparation d'autant plus difficile qu'il y entre un grand nombre de produits qui tous proviennent du règne végétal, il faut non-seulement choisir les produits, mais les doser avec soin.

Nous avons parlé du *quinquina* et du parti qu'on en retirait en thérapeutique, nous avons dit aussi combien cet agent était précieux en parfumerie; c'est donc encore à cette bienfaisante substance que nous nous adresserons pour avoir un bon dentifrice.

Donc, pour conserver vos dents saines et blanches, chères lectrices, il vous faut chaque matin procéder à une minutieuse toilette. Pour ce faire, nous vous conseillons une EAU DENTIFICE spéciale à BASE DE QUINQUINA légèrement aromatisée. Vous vous servirez de préférence de *brosses douces,* afin d'éviter de faire saigner les gencives; les *brosses dures* ont pour résultat non-seulement de froisser la peau fine des gencives, et de produire à la base des dents de petites plaies douloureuses qui peuvent quelquefois devenir purulentes et déchausser les dents.

L'EAU DENTIFICE à base de QUINQUINA, dont nous

vous conseillons l'usage, est entièrement composée de substances *toniques, anti-scorbutiques*, son action est douce, innocente, elle nettoie les dents, fait disparaître le tartre, elle fortifie les gencives, tout en leur donnant de la fermeté et les rendant fraîches et vermeilles.

Nous vous parlerons aussi d'une POUDRE DENTIFRICE à base *de quinquina*, sœur du produit cité plus haut. Nous vous en conseillons l'usage, mais il faut s'en servir avec sobriété, une fois par semaine seulement, et surtout combinée avec l'*eau dentifrice*.

Nous terminerons ce chapitre en vous indiquant encore un secret de beauté; vous savez combien les soins à donner aux mains sont sérieux, nous vous avons indiqué les moyens de leur conserver une peau souple, fine et blanche. Les ongles ont droit aussi à vos soins assidus, nous vous l'avons dit, le parfumeur a tout prévu, et nous vous recommanderons une certaine POUDRE ORIENTALE, venue de bien loin, qui donne aux ongles un beau poli, et les rend brillants et rosés.

VIII

SOMMAIRE. Les essences. — Les élégances féminines. — Les sachets parfumés. — Avons-nous tout dit? — La recherche. — Un mot gros d'orages. — Encore le docteur.

Nous allons nous occuper des parfums proprement dits, des odeurs dont on aime à respirer les suaves émanations, et qui, sous le nom générique d'essences, deviennent les accessoires obligés de la toilette des dames. La femme véritablement distinguée, élégante, a un parfum qui lui est propre.

La *reine Marie-Antoinette* aimait l'odeur du *géranium*, *l'impératrice Joséphine* adorait la *violette*, la *duchesse d'Orléans*, la *princesse Hélène*, aimaient à s'entourer des émanations parfumées de l'*iris*.

Des sachets contenant ces parfums étaient répandus à profusion dans les coffres, les armoires, et tout le monde sait que la femme élégante laisse après elle un parfum, un cachet de distinction qui n'appartient qu'à elle.

Les essences dites ESSENCES POUR MOUCHOIRS sont nombreuses.

L'essence de rose, qui nous vient de l'Orient, est la plus ancienne et la plus connue, son parfum, tout suave qu'il puisse être, est des plus pénétrant, mais la rose est vulgaire, et on en trouve partout.

Plus tard, la science nous a donné l'essence de jasmin, fort agréable et aimée par beaucoup de nos élégantes.

La parfumerie moderne a augmenté de beaucoup cette classe d'agents charmants qui constitue si largement le luxe, le bien-être.

Ainsi, nous avons les essences D'OEILLETS, DE VERVEINE, DE MAGNOLIA, DE FOINS NOUVELLEMENT COUPÉS, odeurs douces, suaves, pénétrantes; la FLEUR D'AMANDIER, DE L'AUBÉPINE, LILAS, JACINTHE.

Puis, enfin, des essences à la mode, composées de parfums combinés et donnant le BOUQUET IMPÉRIAL, le JOCKEY-CLUB, d'importation anglaise, le BOUQUET VICTORIA dont l'origine est la même; enfin, une quantité d'autres essences dont la nomenclature serait trop longue.

Dans ces parfums, on avait eu jusqu'à ce jour

à combattre leurs éléments volatils, ils étaient peu durables : le parfumeur a pensé qu'on pouvait leur retirer ce défaut ; dès lors, il se mit à l'œuvre et trouva dans la préparation des moyens de concentration qui les rendirent durables et sans fatigue pour le système nerveux, si impressionnable chez les dames du monde qui fréquentent assidûment les bals, les théâtres, etc.

Nous vous conseillons ces essences précieuses, chères lectrices ; seulement, choisissez des parfums doux ; au point de vue de l'hygiène, s'entourer de ces parfums a le double but de vous faire vivre dans une pure atmosphère, et de chasser les émanations délétères des grands éclairages au gaz et des émanations d'une grande quantité de personnes réunies sur un seul point, dans un salon quelque vaste soit-il.

Mettez dans vos armoires des sachets parfumés, dans votre linge, vos dentelles, vos vêtements, afin que tout ce qui servira à votre usage contracte une odeur délicieuse et charmante qui soit VOUS, chères lectrices.

Nous voilà arrivé à la fin de notre tâche, puissions-nous vous avoir été agréable et surtout utile.

Nous l'espérons !

Dans nos conseils, dans l'usage des secrets de

beauté, avons-nous tout examiné, tout prévu?

N'avons-nous pas oublié quelque avis?

Quelque salutaire conseil?

Cherchons! cherchons bien?

Nous serions heureux, en vérité, de trouver quelque chose à vous dire, quelque bonne recette.

Quoi, qu'avons-nous entendu?... L'OBÉSITÉ!...

Oh! cela, mesdames, n'est pas de notre compétence; adressez-vous à la science, seule elle peut vous répondre.

Nous sommes parfumeur, nous travaillons et cherchons sans césse les moyens les meilleurs de CONSERVER LA BEAUTÉ, mais entre nous et la grande science il est une barrière infranchissable.

L'OBÉSITÉ, ce mot est gros d'orages..... Mais l'obésité présente une foule de degrés, les causes sont nombreuses, et les énumérer serait trop long, toujours est-il que L'OBÉSITÉ nuit *à la force de l'homme, à la beauté de la femme.*

Elle nuit à la force, parce qu'elle gêne la respiration, augmente la masse à mouvoir, diminue la puissance des muscles, l'énergie des nerfs, s'oppose à la souplesse et à l'agilité des membres.

Elle nuit à la beauté, en rendant insignifiantes les physionomies les plus spirituelles, les plus piquantes. Le corps, en augmentant de volume,

perd l'harmonie des formes et ses belles proportions naturelles ; nécessairement la beauté s'en
altère, *beauté plastique* et *beauté de la peau*,
qui, tendue par la surabondance de la graisse,
devient grasse et luisante.

La médecine possède des moyens efficaces pour
combattre l'*obésité.*

Nous vous avons averties, mesdames.

Hélas ! nous savons qu'il arrive un âge où, en
dépit de la volonté, vient un certain embonpoint
qui vous effraie.

C'est un tort !

Reportez-vous à ce que dit le docteur *O. Scelles
de Montdésert* (page 54).

« 4° Par nos mouvements :

» REPOS, SOMMEIL, EXERCICES, GYMNASTIQUE. »

C'est en mûrissant ces quatre mots que peut-
être vous trouverez la solution du problême.

Problême difficile que vous cherchez.

Au médecin seul appartient le droit de vous
conseiller, de vous guider, de vous indiquer :

1° Le repos à prendre ;

2° La quantité des heures de sommeil ;

3° L'exercice que vous devez prendre chaque
jour ;

4° Et la gymnastique à laquelle vous devez
vous livrer.

Nous conclucrons en répétant, chères lectrices, que dans cette œuvre sans prétention, nous avons voulu vous être utile.

Vous donner de bons conseils.

Vous faire connaître les meilleurs produits de la parfumerie moderne, leurs usages, leurs qualités hygiéniques bienfaisantes:

Et nous pensons que, si *la toilette d'une dame romaine* a trouvé un historien, *la toilette d'une dame du dix-neuvième siècle*, qui ne le cède en rien en beauté, en grâces et en esprit aux dames du passé, méritait certainement sa petite place dans l'histoire de la mode, du luxe et de l'élégance.

CONCLUSION

Si l'immodestie est une faute, trop de modestie est un leurre, surtout dans les questions de travaux, de faits accomplis. Certes, nous aurions pu faire passer sous vos yeux, chères lectrices, les efforts tentés, les succès obtenus, les sérieuses et minutieuses études d'un art que nous exerçons depuis bien des années. Nous aurions pu vous faire connaître les luttes, les découragements, les défaillances inhérentes à ces travaux ingrats, difficiles.

A quoi bon !

Nous voulons être vrai, nous ne voulons pas être accusé de trop occuper votre attention de notre personnalité ; aussi, nous bornerons-nous purement et simplement à citer un extrait du rapport du Jury international de l'Exposition universelle de 1862 :

« M. E. COUDRAY, fabricant de parfumeries
» fines et de savons de toilette, dont la Maison
» a été fondée en 1800, a présenté à l'Exposition
» universelle de Londres de 1862 des produits
» qui lui sont spéciaux, tant en *pommades, par-*
» *fums, huiles, dentifrices, eaux de toilette* et
« *fards* qu'en *savons de toilette* dont nous avons
» reconnu la supériorité sur ceux d'autres mai-
» sons, et qui témoignent des progrès et des
» soins que cet honorable industriel apporte dans
» sa fabrication. La Maison E. COUDRAY avait ob-
» tenu aux Expositions précédentes diverses
» récompenses pour la bonne préparation de
» tous ses produits; mais cette fois, prenant en
» considération les nouveaux perfectionnements
» apportés par ce fabricant, le grand nombre
» d'ouvriers qu'il emploie constamment et le dé-
» veloppement qu'il a donné à son industrie, le
» Jury international lui décerne LA MÉDAILLE
» D'HONNEUR, la plus haute récompense accordée
» à cette branche d'industrie. »

Nous n'en ajouterons pas davantage, ce qui précède n'a pas besoin de commentaires, et nous pensons que dans cette haute récompense, ac-

cordée par un Jury éclairé et impartial, le fabricant, le chercheur, le travailleur enfin, se trouve
largement payé des incessants efforts tentés, de
ses travaux ayant pour but unique de faire marcher et progresser une industrie qui, comme
vous avez pu vous en convaincre, chères lectrices, est des plus difficiles, des plus sérieuses
et des plus utiles.

Dans le cours de ce modeste ouvrage, nous vous
avons conseillé l'emploi de certains produits,
nous vous en avons indiqué les effets bienfaisants, surtout au point de vue de la conservation
de vos avantages physiques, nous compléterons
donc notre travail en vous donnant la nomenclature de ces produits qui, tous, sont préparés
avec le plus grand soin.

PRODUITS SPÉCIAUX

E. COUDRAY

Dont il est parlé dans cet ouvrage, et
recommandés pour la toilette.

———wwwww———

SOINS DE LA PEAU, DU CORPS, DU VISAGE
& DES MAINS

Eau de Lavande ambrée blanche, pour lotions
et le mouchoir.

Eau de Cologne Extra-Forte de Santé, pour
la toilette, soins délicats et intimes, d'une suavité de
parfum extrême qui permet de l'employer également
pour le mouchoir.

Vinaigre E. Coudray à la violette, pour lotions et le mouchoir.

Glycérine concentrée, pour rafraîchir le teint. le préserver du hâle, et éviter les gerçures.

Crême de l'Impératrice pour blanchir, assouplir la peau.

Cold-Cream rosé pour blanchir le teint, roser et rafraîchir la peau, et la préserver du hâle et des gerçures.

Fleur de Riz, également pour le teint. Son emploi se combine avec *la Glycérine concentrée* ou bien avec le *Cold-Cream rosé*.

SAVONS POUR LE MÊME USAGE

Savon de Lactéine, sur lequel nous sommes entré dans de longs détails ; ce savon produit un véritable bain de lait, il est des meilleurs pour la toilette des dames. et des enfants, et d'une grande efficacité employé dans les bains.

Pour les soins de la barbe, il évite complètement les feux du visage occasionnés par le rasoir.

Crême de Savon, également préparée pour la barbe.

Enfin, et pour compléter tout ce qui se rattache à la fraîcheur et à la beauté de la peau,

Rouges et Blancs, sans action nuisible et d'une innocuité reconnue, expérimentée depuis longtemps.

Poudre Orientale, pour polir les ongles et les rendre brillants et rosés.

SOINS DE LA CHEVELURE

Une préparation qui a nom :

Régénérateur E. Coudray, pour l'entretien et la crue des cheveux.

Rhum et Quinine, pour nettoyer et fortifier les cheveux.

Huile Concentrée, à toutes odeurs, pour rendre aux cheveux souplesse et brillant.

Cosmétiques Extra-Fins, pour fixer et lisser la chevelure.

Pommade Crême Duchesse, facilitant la crois-
sance du cheveu et le conservant dans un bon état
de santé.

SOINS DES DENTS

Eaux et Poudres Dentrifices, à base de *quinquina,* pour les soins constants et journaliers de la
bouche.

Essences Concentrées à toutes odeurs de parfums choisis, suaves, doux et persistants, pour le
mouchoir, le linge, etc., etc.

TABLE DES MATIÈRES

Pages

AVANT-PROPOS... 5

I. Qu'est-ce qu'un parfum? — Les odeurs violentes
— Le *moschus-moschiferus*. — La femme et le désir
de plaire. — Pline. — Vénus et Hector. — Socrate
et son élève. — Aspasie, la blonde. — Ce que femme
veut... — La pommade du lion. — Le maquillage. —
Nihil novum sub sole. — Les dames romaines sous
Auguste et César.—Les historiens d'autrefois.—Les
cheveux rouges. — La merveilleuse et la cocotte!... 15

II. L'Enfant-Dieu et les Mages. — La belle Judith.
— Le prophète Néhémie. — Moïse. — Ezéchias. —
Les plaintes d'Isaïe. — La parfumerie en France. —
Jadis et aujourd'hui. — La vie prolongée. — *O tem-*
pore, o mores. — Les parfums au dix-neuvième

Pages

siècle. — Les gants parfumés et Jebanne d'Albret.
— La science appliquée........................... 29

III. Paracelse. — La panacéc universelle. — Maître
Oudard et la première boutique. — Trois carosses.
— Ce que fait trop de curiosité. — Les laïs moder-
nes. — La belle Diane. — Les beautés célèbres. —
La régence et la poudre. — La marquise de Pom-
padour et les mouches. — La tâche difficile........ 39

IV. Sont–ils bons? — Sont–ils mauvais? — La raison.
— Le suicide poétique. — L'île de Thernate et les
Hollandais. — L'hygiène et les bretelles. — Le but
de la médecine. — Le but de l'hygiène. — Le Vé-
nitieu Cornaro. — La colère et le docteur Reveillé-
Parise. — M. Réveil et les cosmétiques. — A quoi
servent les cosmétiques? — Les empiriques. — Le
bou marché trop cher. — Le duvet indiscret...... 49

V. Attention. — Qu'est-ce que la beauté? — Les
ennemis. — Toilette d'une élégante au dix–ncu-
vième siècle. — La parfumerie moderne. — L'agent
nouveau. — Un peu de science. — L'éponge et la
brosse. — Le lait. — Ninon et son bain. — Masques
et voiles. — Les savons, les artistes et les fards... 61

VI. Le cheveu et l'analyse. — Les maladies du système piloux. — Les effets et les causes. — Les panacées. — Toujours l'hygiène. — Rôle du parfumeur.
— Rhum et quinquina. — Le vieux beau et la
coquette. — Gare aux teintures.................... 75

VII. Perles et corail. — Ce que sont les dents. —

Pages

Jolie, mais !... — Arracher n'est pas guérir. — Les
agents passés. — Les brosses et les élixirs. — Les
ongles roses...................................... 85

VIII. Les essences. — Les élégances féminines. —
Les sachets parfumés. — Avons-nous tout dit? —
La recherche. — Un mot gros d'orages. — Encore
le docteur.. 91

CONCLUSION 99

PRODUITS SPÉCIAUX E. COUDRAY dont il est parlé
dans cet ouvrage, et recommandés pour la toilette. 101

PARIS. — IMPRIMERIE CH. DE CHAUMONT, 6, RUE SAINT-SPIRE.

PARIS. — IMPRIMERIE DE CH. CHAUMONT

6, RUE SAINT-SPIRE, 6